ラルーナ文庫

# 一心恋情

## ～皇帝の番と秘密の子～

桜部さく

CONTENTS

Illustration

ヤスヒロ

# 一心恋情　～皇帝の番と秘密の子～

本作品はフィクションです。
実際の人物・団体・事件などにはいっさい関係ありません。

東方には深い森に囲まれたシキという小国がある。大国が近隣にありながら、自然の手によって守られてきたこの小国では、王ズハンの統治のもと、穏やかな時が流れている。シキの王や貴族は、城塞（じょうさい）の内に住み、人々はそこを門内と呼ぶ。そして、庶民が住む町や村を門外と呼んだ。

ジン・リキョウは門外の子だ。今年で十歳になる。父は町の役所の書記で、母は実家の団子屋を手伝っていて、町一番の親切夫婦として評判だ。慎（つつ）ましい両親はリキョウを甘やかすことはなかったが、溢（あふ）れるくらい愛情を注いでくれた。

父のように勤勉で、母のように穏やか。しかし、小柄でひ弱な印象を与えるリキョウについて、ジン家の跡取りには頼りないと言う人も少なくない。だがリキョウは、両親にとって自慢の息子だ。謙虚な二人は誰（だれ）にもそんなことは言わないけれど、父と同じように、書記になりたいといって毎日習字に励むリキョウを、二人は心底誇りに思っている。

午前は毎日学舎へ行き、昼になると家に帰って習字というのがリキョウの日常だ。真面目（まじめ）な生徒として教師の覚えは大変良く、学業では随分目立つ。しかし、小柄なうえに走るのも遅く、力も弱くて口数も少ないので、いじめられることもしばしば。嫌がらせをされても言い返さないから、学舎の門を通った途端に、足をひっかけられてこけるのはいつものこと。目の前で遊ぶ約束をしているのにリキョウだけ誘われず、あからさまにのけ者にされるのも日常の一部で、せっかく書いた文を隠されたり、貶(けな)されたりするのもそうだ。

　そんな日々を、両親に話すことはなかった。ひ弱な見た目につけこまれていると、言いたくなかったからだ。

　リキョウの悩みを両親は知っていたが、無理に聞きだすようなことはしなかった。しかし母は、おとなしいリキョウの服に開いた不自然な穴や泥汚れを直しては、独り言のようにこう言った。

「知識は力だからねえ」

　幼いころは、その意味がよくわからなかった。だが何度も聞くうちに、徐々に理解していった。

　勉学に励み、成果をあげることで、リキョウは力を手に入れている。着実に力を蓄えているのだと、母は自信を与えてくれていたのだ。そして、見えない力はときに周囲の妬(ねた)みや反発を誘ってしまうことも、静かに教えてくれていた。

　勉強と習字は力になる。母の独り言はリキョウの信念に繋(つな)がって、学舎に通う足を軽くさせた。けれど、揶揄(やゆ)も嫌がらせも悔しいのは変わらなかった。多勢に無勢でどうしようもなく、どうしても悔しかったり寂しかったりするときは、近くの森にある沢に行った。母の背丈ほどの小さな滝があるその沢で、きれいな石を探し、その中でも特にきれいなものを、平らな岩の上に並べていく。そうして気持ちが落ち着いたら、全部を川に投げる。リキョウが頑張って探したきれいな石を、他の誰も見ることができなくなるからだ。どれほどきれいな石でも、宝石でもなければ砂金でもなく、なんの価値もないのはわかっている。それでも、自分がきれいだと思った石を、他の誰も見られない場所に投げてしまうことで、意趣返しをした気分になれた。

その日は、武術の稽古に通っている男子数人に、お前は来るなと言われた。リキョウは父と同じ書記になりたいから、武術の稽古に行く気など最初からない。みんなわかっているのに、身体が小さくて力も弱いから、稽古に来ると周囲の迷惑になるとわざわざ言われた。

初めてのことではない。けれど、やっぱり悔しくて、授業が終わるや否や家まで走って帰った。荷物を置いて、母が間食用に置いていってくれていた団子を持ったリキョウは、誰にも邪魔されないように速足で沢に向かった。近くにもっと広い支川があるから、ここで人に会うことはまずない。だから、同じ年ごろの男子がいて、リキョウは心底驚いた。

「やあ」

平らな岩に座っていた男子は、笑顔でリキョウに声をかけてきた。

「ここは誰も来ないな」

しばらくこの沢にいたらしい、その男子に見覚えはまったくなく、同じ町の子供でないことはすぐにわかった。

きりっと力強い目元と鼻筋が印象的な男子だ。片膝(かたひざ)を立ててゆったり座っているが、特に持ち物もないようで、どうして一人でこの目立たない沢にいるのか気になった。

「何をしているの」

「散歩の途中で疲れたから、一休みだ」

「森に一人で入ったら危ないよ」

「お前だって一人じゃないか」

間髪入れずに返した男子は、あっけらかんと笑った。よく見ると、男子の着ている紺色の上着や、脱いで置いてある靴は上等なもののようだ。特に靴は、リキョウの草鞋(わらじ)と違って、革靴だった。

裕福な家の子なのだろう。遠慮のない話し方は、生まれ育ちのせいかもしれない。

一人で静かに、誰にも邪魔されずに団子を食べて、石を探したかったのに。母の実家の団子は町一番と評判で、リキョウの大好物だけれど、上等な食事を知っていそうなこの男子の前で広げたくなかった。万一みすぼらしいとでも言われたら許せないからだ。この沢は、リキョウのきれいな石がたくさん隠れた大切な場所だから、ここで嫌な思いはほんのすこしだってしたくない。

「散歩は続けないの」

一応訊いてみたが、男子は靴を脱いでいて、すっかり寛いでいる。

「しばらく休むつもりだから、俺に構わず行っていいぞ」

「そう言われても、僕の目的地はここだったんだ」

いつものように、一人で滝を眺めて団子を食べたかった。これ以上を一人で進むのは危険だから、このまま留まるか、引き返すしかない。

団子は葉で包まれているけれど、そろそろ食べないと固くなってしまう。二本あるから、一本分けてみようか。黙って食べるかもしれないし、この団子のおいしさがわかるやつかもしれない。

迷っていると、男子が話しかけてきた。

「何をしにここに来たんだ」

迫力のない滝は、目的地にするには物足りない。誰だってそう思うだろう。しかしここは、リキョウにとって大切な場所だ。

「この滝が好きなんだ。小さくて、音も立てないから、誰も見にこない滝だけど。雨が降らずに困る年も、なぜか絶対に涸れないで流れ続ける。逆に、大雨のあとも、穏やかに流れるんだ。目立たなくても、小さくても、立派な滝だから、嫌なことがあったときとか、天気が良い日はここに来るよ」

そして、この川底にはきれいな石がたくさん隠れている。石のことは、誰にも話したことがないから、この名前も知らない男子には教えなかった。

「そうか。涸れず、暴れずの滝か。確かに良い滝だ。俺も好きになった」

明るく笑った男子は、本当にこの滝が気に入ったようだった。

「お団子、食べる？」

悪いやつだとは思えなくて、懐から団子の包みを出すと、男子はぱっと目を輝かせた。

「いいのか。ありがとう」

串に刺さった団子を、男子は嬉しそうに手に取った。

「腹が減っていたんだ」

豪快に一玉口に入れた男子は、「うーん、うまい」と唸った。

「もう一本もあげるよ」

「それはいい。本当は両方ともお前の……、名前は何というんだ？」

「リキョウ」

「本当は両方ともリキョウのだから、もらえない。だがこの団子はうまい」

　町一番の団子といっても、庶民の団子だ。身なりのいいこの男子が気に入るかどうか不安だったが、大喜びで食べているのを見ると気分が良かった。

「君の名前は？」

「ユーハンだ。よろしくな」

　あっという間に団子を平らげたユーハンは、小さい口ですこしずつ団子を齧っているリキョウを見た。

「嫌なことがあったのか」

　遊びたい盛りの年ごろなのに、リキョウは団子だけ持って一人で沢に来て、しかもさっき、嫌なことがあるとここへ来ると言った。問題があったのは明らかで、ユーハンは気にしてくれているようだ。

「僕は今年で十歳だけど、そんなふうに見えないだろう。だから、よくからかわれるんだ」

　男は強く、大きく育つのが良いとされているから、リキョウがなぜからかわれるかも、ユーハンは察したようだった。

「そうか」

それだけ言って、ユーハンはじっと滝を見た。そしてまたリキョウに視線を戻す。

「リキョウは、何が得意なんだ」

「習字だよ。父と同じ書記になりたいんだ」

「今度、書いたものを見せてくれ」

初めて、同じ年ごろの子から書字を見せてほしいと言われた。嬉しくて、自然と笑顔が弾(はじ)けた。

「うん」

リキョウの笑顔につられて、ユーハンも破顔した。身なりと話し方は気位が高そうだけれど、笑うととても明朗だ。

初めて、友達ができたかもしれない。町に新しく越してきた子だったらいいのにと、願わずにはいられなかった。

「実はね、この沢には、きれいな石が隠れてるんだ」

宝の石のことは、今まで誰にも話したことはなかった。なのに、とても自然にユーハンとは分かち合いたいと思った。友達になれる期待も確かにその理由なのだけれど、一番は、とりとめのない石でも、ユーハンはそれが宝になることをわかってくれると感じたからだ。

「水晶のような石か？」

「ううん。あまり光らない石がほとんどだよ。でも、形が何かに似ていたり、筋が入っていたりするきれいな石はたくさんあるよ」

道端の石ころと大差ないことくらいわかっている。それでも、ユーハンは馬鹿にしないとなぜか信じられた。きれいだと思う石が見つかれば、それがどんな石だって、きれいだと笑い合える。ユーハンを見つめると、明るい笑顔が返ってくる。

「それなら、俺も一つ探してみよう。良いのを見つけてやるぞ」

やっぱり、ユーハンはわかってくれた。嬉しくて、リキョウは笑顔を弾けさせた。

これでもない、あれでもないと言いながら、二人で今日一番の石を探した。石だらけの沢で、地面をじっと見下ろしているばかりなのに、なぜか楽しくて、他愛（たわい）のないことを言いながらくすくす笑っていた。

「見つけたぞ、リキョウ。これは良い石だ」

半時ほどして、ユーハンが一つの石を見せてきた。

「見ろ。まるで碁石だ」

ささくれ一つない指先が摑（つか）んでいたのは、沢に転がっていたとは信じられないくらい、きれいな円盤状の石だった。

「本当だ。大きな碁石だね」

碁石との違いは、その大きさと、先手か後手かわからない鼠色だ。しかし、白か黒に塗って、遠くから眺めれば、誰もが碁石と勘違いするだろう、完璧な形をしている。

「リキョウは良い石を見つけたか？」

「まだだよ。今までたくさんきれいな石を見つけたけど、全部川の底に投げてしまったから、最近はあまり良い石が見つからないんだ」

何年も石を探しては投げているし、新しい石なんてそう増えるわけもない。良い石はもう見つけてしまっているのだ。

「なぜ投げてしまうんだ？」

純粋な好奇心を向けられ、リキョウは無意識に声を抑えて言った。

「他の誰も見ないままなら、この沢にあるきれいな石は全部、僕のものだからだよ」

誰のものでもない沢にある限り、石が自分のものでないことぐらいわかっている。気持ちの宝物庫というだけだ。ユーハンは、馬鹿にしない。そのことに心配はないけれど、宝を独り占めしようとした業突く張りだと思われたくなかった。

不安を抱きながらもユーハンを見ると、晴れた空のように清々しく笑っていた。

「リキョウの財宝の在処を知っているのは俺だけなのか？」

「うん」

「それは光栄だ」

リキョウの秘密を知って、ユーハンは大層喜んでいた。

「だが、この石は持って帰るぞ。部屋に飾りたい」

そう言って、ユーハンは見つけた碁石状の石を高く持ち上げて、リキョウに見せてから、懐にしまった。

「リキョウの財宝を見せてもらったからには、俺の宝も見せねばならないな」

「ユーハンの宝？」

「ああ。大切にしている物があるから、今度見せよう」

「ありがとう」

また会う約束に大喜びするリキョウに、ユーハンは小指を立ててみせる。指切りの合図だ。胸を高鳴らせ、小指を結ぶと、ユーハンも同じくらい楽しそうに笑った。

「約束だ」

指切りのまじないを唱えたときだった。木々のあいだから男性の切羽詰まった声が聞こえてきた。

「王子ー！　王子ー！」

大きな声で王子を呼んでいるのは、帽子を被(かぶ)って、腰に剣を提げた、強そうな二人の男性だ。ユーハンを振り返ると、諦(あきら)めたような、きまりの悪そうな顔をしている。

ユーハン。言われてみれば、王子の名だ。リキョウより一歳年上の、現王ズハンの嫡男ユーハン。門外の子は門内の子と関(かか)わることがないから、まさか沢で出逢(であ)った男子が、門内の子、しかも王子だとは思ってもみなかった。

「王子！」

護衛の一人は、ユーハンを見つけた瞬間、崩れ落ちそうになっていた。一体何時間探していたのか。何かの理由で門外に出たユーハンが、護衛の目を盗んで森に入ったのは容易に想像がついた。ユーハンなりに理由があったのだろうとは思うけれど、誰かをこんなに心配させてまで、森に入らなければならなかったのかと不思議になった。

「どうして一人で森に入ったの？」

ユーハンに訊けば、もう一人の護衛に睨(にら)まれてしまった。

王子とは、気軽に話しかけていい人ではない。身分の違いを思い知らされ、口を閉じたリキョウを見て、ユーハンが大きな声で言った。

「リキョウは俺の恩人だぞ。話すのは当然のことだ」

王子と護衛とはいえ、大人に向かって上から物を言う子供を初めて見た。驚きつつも答

えを待っていると、ユーハンは拗ねた顔をした。

「一人で出かけたことがないから、一人になりたかったんだ」

いつも独りぼっちのリキョウにはわからない、王子の悩みがそこにあった。

「そっか」

王子も大変なのだな。きっと、この護衛がいつもどこにでもついてきて、一人きりになれる時間がないのだ。その息苦しさを想像するのは難しくないけれど、黙って一人になろうとしたのは、よくなかったと思う。探していた護衛の表情は、処罰を恐れているというだけではなく、真剣にユーハンの身を案じていた。

「でも、心配する人がいるってわかっているなら、突然消えるのはよくないと思うよ」

せめて一声かけたほうがいい。そう単純な話でないのも察しているが、心配をかけるのはよくないと、単純に思った。

「そうだな」

まだ拗ねた顔をしているけれど、ユーハンは護衛に向き直る。

「悪かった」

ユーハンが詫びたのに、護衛は恐縮した顔をしていた。もう一人も、素直に詫びたユーハンと指摘をしたリキョウを交互に見ながら、驚きを隠していた。

町に戻ると、事態は想像以上に悪く、門内の役人まで王子を探しに出てきていた。農民がほとんどの町は騒然としていて、ユーハンは懲りた様子で役人に事情を説明した。

「またな。リキョウ」

駕籠に乗る直前、ユーハンは笑顔でそう言った。そうして、滝のそばでできた友達は、とても呆気なく町を出て、リキョウが足を踏み入れることが叶わない、門の向こうへと帰っていった。


それから一週間。王子が町に来ていたことはもっぱらの話題で、ユーハンがどんな子だったかリキョウに訊いてくる者も少なくなかった。しかし学舎では、目立ったことで、いつも以上にしつこく嫌がらせを受けた。廊下を歩けば後ろから押され、扉を通ろうとすれば目の前で閉められる。それでもリキョウは、仕返しもせず言い返しもしなかった。喧嘩になったら負けてしまうし、怪我でもすれば両親を心配させてしまうというのもある。が、なによりも、ユーハンという友達ができたことが、リキョウを変えた。

二度と会うこともない、偶然話した高貴な身分のユーハンは、自分のことなど忘れてしまうだろう。それでも、リキョウにとっては友達だから、そう思うだけで心強かった。

しかし、悔しさを感じないわけではない。沢に行くつもりで、終業後に急いで学舎を出ると、聞き覚えのある声に引き止められた。

「そんなに急いでどこに行くのだ」

声のほうを振り返ると、そこにはユーハンが立っていた。

「ユーハン」

驚いて名を口にすると、ユーハンの後ろに立っている護衛が眉を寄せた。

「王子……」

慌てて頭を下げると、ユーハンは目の前に来てリキョウの上腕を摑んだ。

「友達なんだ。頭は下げなくていいぞ」

王子が自分を友達と呼んだ。もう会うことはないと思っていて、それでも、心の中で友達と呼んでいたから、ユーハンも友達だと思ってくれていたのが、言いようのないくらい嬉しかった。

そんな二人の様子に、学舎から出てきた生徒たちは唖然としていた。リキョウが王子本人から友達と呼ばれていることに、衝撃を受けている。

ユーハンは、庶民の学舎に興味があったようだが、他の生徒には話しかけようとしなかった。会いたかったのはリキョウだと、満面の笑みが伝えてくる。

「今日はこのあいだの団子を買いたくて来た。店のものだろう。案内してくれ」

きっと門内にはおいしい団子屋があるだろうに。ユーハンはあの庶民の団子をまた食べたいと言った。

「母の実家の団子屋なんだ」

ユーハンを連れていけば、親戚中が驚くだろう。店まで案内すると、母も、叔父も叔母も、腰を抜かしそうになっていた。

そして、護衛のぶんまで団子を買ったユーハンは、店の前でそれはおいしそうに団子を食べた。王子が褒めれば団子屋の評判は上がる。それをわかっていてユーハンが団子を食べに来たのだと理解したのは、リキョウがもうすこし大人になってからだ。このときは単純に、団子を気に入ったのだと思っていた。確かにユーハンは団子をいたく気に入っていて、それから何度も町に来ては、リキョウと一緒に食べた。王子と団子とリキョウの話は瞬く間に町中に広まり、店は旅人がわざわざ寄っていくほどの名所になった。

そして、王子の友達になったリキョウは、嫌がらせを受けることはなくなった。

友達が増えたかというと、そういうわけにもいかなかった。学舎の子供たちは、王子の友達に失礼がないようにきつく言われただけで、今まで散々嫌がらせをしてきたのもあり、リキョウを遠巻きにするようになった。結局独りぼっちだけれど、ユーハンという友達ができたリキョウに、寂しい日はもう訪れなくなった。

　ユーハンが七日も置かずに町に来るようになって三か月。季節は夏になり、静かな沢の涼しさが恋しくなるころ、リキョウは城へと誘われた。

　自分のような庶民の子が、本当に城に入ってもいいのだろうか。不安を抱きながらも、リキョウは約束どおりの時間に城塞の外と内を隔てる門へと向かった。この日のために、母は大慌てで革靴を買ってくれた。古着屋のものだから、ところどころ色落ちしているけれど、服装がいつもどおりなのに靴だけ立派だとちぐはぐなので、着古しくらいがちょうどいい。

　門の前に立ち、恐る恐る門兵を見ると、眉一つ動かすことなく、話しかけてももらえない。何と言えば、ユーハンに招かれたと信じてもらえるだろうか。

　立ち尽くすリキョウに、さすがの門番も訝（いぶか）しがり始めたころだった。緑色の立派な上着を着た男性が勢いよく門の外へ出てきた。

「ジン・リキョウか」

「はい」

「ついてきなさい」

　緑の服の男性は、踵（きびす）を返すとずんずんと門の中へ速足で入っていく。慌てて追いかけるリキョウを、男性が振り返ることはなく、慣れない靴を履いた足で必死についていくしかなかった。門内は貴族の町で、色が塗られた柱や装飾がある建物が並び、整えられた木や花壇が鮮やかだ。しかしその美しさに感動している隙はなく、後ろで手を組んで歩く男性をただひたすら追った。

そして城の門をくぐり、たどり着いたのは、城の本殿の左端にある、王子の内殿だった。石段の手前で立ち止まると、開け放された障子戸の向こうに、机に向かうユーハンの姿が見えた。

町に出てくるときとはくらべものにならないくらい上等な衣服を着ているユーハンの後ろには、教師と思しき男性が立っている。教師が本を読み上げ、それをユーハンが書く書写の時間のようだ。忙しいのに無理をして呼んでくれたのだろうか。罪悪感を覚えかけたとき、リキョウの存在に気づいたユーハンが、にこっと笑って筆を置いた。

「リキョウ。待っていたぞ」

立ち上がったユーハンを教師が止めようとするが、ユーハンはお構いなしでリキョウのところまで下りてくる。

「いつからここにいたんだ」

「今来たばかりだよ。あの……」

出直したほうがいいのではないか。困り顔のリキョウに、ユーハンは苦笑を向ける。

「すまない。朝の乗馬で、時間を忘れて遠くまで行ってしまって、座学が遅れた。しかも今日は、俺の嫌いな書写だ。リキョウが来るまで逃げて誤魔化そうと思ったのに、さっき捕まってしまった」

失敗した、と頭を掻くユーハンは、座学をすっぽかすのに慣れているようだ。書写の途中で立ち上がるのもよくあることのようで、教師は呆れ顔でユーハンが戻るのを待っている。

「また今度、来るよ」

邪魔をするつもりはないし、門外の子には城の空気は息苦しい。今日のところは帰ると言ったのに、手首を掴んで引き止められた。

「だめだ。宝を見せると約束しただろう」

「王子、お戻りください」

遂に呼ばれ、教師とリキョウを交互に見たユーハンは、ぱっと何かを閃いた顔をした。

「リキョウも一緒に書写をしよう」

「ええっ」

「得意だろう、リキョウ」

笑顔で言ったユーハンは、リキョウも書写に同席させるのをもう決めてしまっている。

「王子、何を言い出すのです」

教師が止めようとするも、ユーハンが聞くわけもなかった。

「リキョウと一緒なら捗る。机を用意してくれ」

近くにいた召し使いに指示をしたユーハンは、摑んだままだったリキョウの手首を引いて、王子の部屋へ上げた。

「書写が終わったら宝を見せるから」

強引なのに、ただ楽しく過ごしたいだけだという純粋な気持ちが表情に出ているから、憎めない。そんなユーハンの机の隣に椅子と机が並べられ、書写の準備が整えられるまであっという間だった。呆気にとられて立ち尽くすリキョウを、ユーハンは両肩を摑んで椅子に座らせる。

「悪いな、リキョウ。巻き込んで」

耳元でこっそりそう言ったユーハンは、リキョウの肩を撫でてから、いそいそと机に戻った。教師は何か言いたそうだが、飲み込んで教本を開いた。

本当に、王子の部屋で書写をするのだ。予想外すぎて妙な冷静さが生まれた。用意された筆は、父が使っているものと似ていて、墨は型押しされている上等なものだ。紙も、ユーハンが使うのと同じものだから、気持ち良く字が書けそうだ。

「では、始めます」

明らかに庶民の子のリキョウを、教師は一瞬、紙の無駄だと言いたげな視線で見た。門外の子供は、十歳ごろまで学舎に通う場合が多いが、そのほとんどは家業を手伝うにはまだ幼いので、暇つぶしに学舎へ行っている。基本的な勘定と識字力があれば生活には足りるから、真剣に書写の授業に取り組む生徒はあまりいない。よって、教師は今から読み上げる教本の字を、庶民の子が書けると思っていないのだ。

だが、リキョウは違う。父のような役所の書記になりたくて、父に教わりながら毎日習字に励んでいる。より多くの漢字を知らなければ、大事な書簡の代筆や複写をする書記にはなれないからだ。

「先駆（せんく）せしめ、奔属（ほんぞく）せしむ……」

上品な話し方の教師が教本を読み始めた瞬間、リキョウはこの詩が誰のもので、どんな字で書かれるのかを思い出した。自信をもって、教師の声に合わせて書いていけば、居心地の悪さを忘れてしまえた。

詩を書き終わり、顔を上げると、教師が自分の成果を覗き込んでいたことに気づいた。

「ふむ」

少なからず感心した様子の教師は、次にユーハンの机を見るも、王子の腕前に微妙な顔になるのを堪えていた。

「すごいじゃないか、リキョウ。まるで教本だ」

自分の出来はそっちのけで、ユーハンが身体を乗り出した。純粋な賛辞に照れてしまい、頬が赤らむ。

「この詩は何度か練習してるから」

「誰に習っているのだ」

「僕の父だよ。町の書記なんだ」

恩師であり大好きな父のことを話せる。誇らしくて、笑顔が弾けた。するとユーハンも歯を見せて笑う。

「リキョウ、あさっての書写会に出ろ。リキョウならシュインに勝てる」

「書写会？　シュイン？」

突然の話についていけず、瞳を揺らすリキョウに、ユーハンはしたり顔で言う。

「廷臣の息子のシュインだ。書字の腕を競う書写会で、俺を負かす気でいるんだ。だが、リキョウのこの字ならシュインに勝てる」

シュインはよほどの好敵手らしいが、自分はユーハン以外の門内の人にとっては招かれざる客だ。どうして書写会に出られようか。

「貴族の子の書写会だろう？　僕は混じらないほうがいいと思う」

「成人していなければ誰でも参加できる。リキョウも出てくれ。歌も書字もシュインに負けてばかりで、悔しいんだ」

ユーハンはもう、リキョウも書写会に出ると決めてしまっている。こうなったらてこでも動かない性質なのは、この三か月でよくわかった。教本を閉じて終わり支度を始めている教師も、止めるのを諦めている。

「ユーハンが頑張って、勝てばいいじゃないか」

ちらりとユーハンの机を見ると、豪快な字が書かれていた。悪くはないが、書写の腕を競う会では、あまり点数がつきそうではない。

「俺では駄目だ」

「でも、僕だって勝てないかもしれないし……」

「シュインの字も知っているが、リキョウなら勝てる。そう思わないか」

ユーハンに訊かれ、教師は少々困った顔をした。

「確かに良い字ですが、書写会は廷臣閣下の主催ですから」

貴族主催の貴族のための会だという意味が込められていたが、ユーハンが諦めるわけもなかった。

「だからといってシュインが有利になってはおかしいだろう」

確かにそうだが、門外の子が突然参加するのもおかしくはないか。リキョウの不安をよそに、ユーハンはにっこりと笑う。

「あさってだ。用意は整えておく」

リキョウの勝利を確信しているらしいユーハンを、誰も止めることはできなかった。

「わかったよ」

場違いな存在になる不安はあるが、貴族の子の書字を見てみたいという好奇心もある。

リキョウが頷く（うなず）と、ユーハンは満足そうに頷き返した。

「さて、宝を見せよう」

二人が立ち上がったとき、同年代の子が三人、部屋の前まで歩いてきて、ユーハンと目が合うなり深く頭を下げた。

「ユーハン王子」

他の二人を従えているようにも見える、前に立った男子が挨拶（あいさつ）をしようとすると、ユーハンはリキョウを背後に隠した。

「シュイン、どうした」

「羽根蹴り（はねけり）のお誘いにきました」

ユーハンとそう差のない身なりの男子は、今しがた話題にのぼったシュインだった。上品な顔立ちはつんとした印象を与え、話し方も硬く、高貴な身分の子なのがよくわかる。

「今日は忙しい。明日また誘ってくれ」

即座に断られ、シュインは何も言わずに頭を下げた。後ろの二人も同じように頭を下げる。

友達なのだろうに、頭を下げて挨拶をしているのは貴族だからだろうか。気になってシュインを見ると、シュインもこちらを見上げて目が合ってしまった。

しかし、ユーハンがリキョウを隠そうとしているのが明らかだからか、シュインは何も言わなかった。ただ、場違いな服装の庶民が王子の部屋で何をしているのかと、一瞬睨まれた気はした。

「失礼します」

シュインと仲間は素直に去っていった。三人の姿が見えなくなるのを確認してから、ユーハンはやっとリキョウを振り返る。

「隠し玉だから、隠しておかないとな」

ははっと笑ったユーハンは、リキョウの手首を摑んで、隣の間へ引いていく。

「シュインとは幼なじみだ。悪いやつではないが、堅苦しい性格なんだ」

「友達なのにお辞儀をするんだね」

気になったので言ってしまった。ユーハンはリキョウに、友達だから頭を下げるなと言っていたからだ。

「ああ、……そうだな。なにせ堅苦しいやつだから、最近やたらに仰々しい態度をとるようになった」

「成人が近づいているからじゃないのかい」

十二歳になる来年、ユーハンは正式に次代の王として世子の称号を授与される。成人して、将来王位に就くに値する男と認められるのだ。

「そうかもしれない。俺は友達とは友達でいたいのだけどな」

どこか寂しそうにそう言ったユーハンは、リキョウを棚の前に連れていった。初めて見た装飾棚は、棚自体に花や鳥の絵が描かれていて、間隔をあけて並べられている物はどれも、観賞するためだけのきれいなものばかりだった。

「この木彫りと、翡翠（ひすい）の象は祖父から受け継いだ。あそこに置いてある弓は、隣国の使者から受け取ったものだ」

どれも、初めて見る物ばかりだった。庶民の家に飾られるものといえば、祝いごとの装飾か花くらいだから、置物がいくつもあるのが不思議な気分にさせる。それでも、一つ一つユーハンが紹介するのを聞くのは楽しかった。

「良いものばかりだ。でも、自分で見つけたものはない」

そう言って、ユーハンは懐から巾着袋を取り出した。子供が持つには上品な印象の袋には、あの石が入っていた。

「これが一番の宝だ。初めて自分で手に入れたからな」

にっと無邪気な笑顔が、沢で見つけた石は本物の宝なのだと伝えてくる。豪華な棚に並ぶ珍しい置物や贅沢（ぜいたく）な弓矢とは違う、素朴な宝を、ユーハンは心底気に入っているのだ。

思い入れに値はつけられず、拾った石でも大切にする。飾らないユーハンを、今までよりもっと好きになった。

そんな、大切な友達のため、リキョウは書写会に臨むことに決めた。貴族の子の書字がどんなものか気になるのもあるけれど、ユーハンの隣で経験できる数少ない機会を逃したくなかったのだ。

そして書写会の日、城に行ったリキョウは、ユーハンのお下がりの服を着せてもらった。絹の上着は、豪華な刺繍（ししゅう）が入っていて、見た目よりも着心地が軽くて柔らかい。髪も、もうすぐ成人する男子らしく、上半分を髷（まげ）にしてもらい、根元には髪飾りをつけてもらえた。

「きれいな髪をしているな」

ユーハンが、思わず、といった様子でおろしている部分に触れた。

「そう……かな」

頬が赤くなるのを感じた。ユーハンは人の容姿に無頓着な印象だったから、より照れくさい。忙しなく瞬きをするリキョウに、今度はユーハンのほうが気恥ずかしそうにする。

「書写会は城を出たところにある中殿で行われる」

照れ隠しに、書写会場のほうを指差したユーハンは、気を取り直し、貴族のような身なりになったリキョウに笑いかける。

「いこう」

筆を懐にしまって、二人はいざ中殿へと向かった。ここは役人の試験が行われる場所でもあり、子供の書写会とはいえ、準備されている机も硯も上等なものばかりだ。隅に隠れて会場の様子を確認したあと、ユーハンは気後れしているリキョウに言った。

「リキョウは最後のほうに、他のやつらと混じって後ろの席に座ってくれ」

「わかった」

もう一度会場に視線を向けると、中央の席をあけて、前列からシュインたちが席に着いていくのが見えた。子供とはいえ、身分の高い子から前に座るのだと一目でわかる。ユーハンの隣に座るように言われなくてよかった。王子の古着を着せてもらったとはいえ、貴族の子を差し置いて前列に座る度胸はない。

席に着く合図を求めてユーハンを見ると、にっと笑い返された。

「頼んだぞ、リキョウ」

肩をぽんぽんと叩いてリキョウを送り出したユーハンは、数拍遅れて何食わぬ顔で会場に入り、シュインの隣、前列中央に座った。リキョウも、目立たぬように端を歩き、最後列に着く。

「揃いましたね」

そう言って入ってきたのはユーハンの教師だった。机がすべて埋まり、参加者全員が揃っているのを確かめた教師は、審判の廷臣を呼んだ。

三人の貴族男性が壇上に上がり、席に着いた。真ん中に座っているのはシュインの父親だろう。姿勢正しく座っているシュインほうをちらちらと見ている。

「私が詩を読みます。復唱はしません」

教師が説明を終えて、いざ始まるというときだった。中殿の出入り口が一瞬ざわつき、直後、壇上の廷臣が立ち上がり、頭を下げた。

「子供たちの真剣な姿は良いな」

弾んだ声で言ったのはシキの国王ズハンだった。軽快な足取りで書写会場に入ってきた王は、背筋を伸ばして座る子供たちを一通り眺めながら、壇上へと歩いていく。

「儂も審判をしよう。よいかな」

国王の登場は予定外だったようで、急遽壇上に椅子が運ばれた。シュインが単独で有利にならないように、ユーハンが呼んでいたのだろうか。状況がわからないリキョウをよそに、他の子たちが一斉に頭を下げた。リキョウも慌てて頭を下げる。廷臣も教師も、深く頭を下げると、王は満足そうに椅子に腰かけた。

「続けてくれ」

周囲が頭を上げたのに倣って顔を上げると、ズハンはにこやかに会場を見回していた。初めて間近で見た王は、ユーハンと似ていて、想像よりも体格が大きくて、何より温和そうだ。

「では、始めます」

教師のかけ声で、子供たちが筆を握った。リキョウも、持ってきた自前の筆先に墨をつけ、背筋を伸ばして紙に向かう。

教師が詩を読み始めた。よく通る声が読み上げるのは、中等文学の書に出てくる詩だった。門外の学舎ではここまで学ばない。しかしリキョウは、父に教わって何度も練習している。この詩はそれほど有名というわけではないが、季節の語や情景の表現が巧みだと父が言っていた。ただ、使われている漢字が複雑で、間違えやすいものが多く、難しいぶん良い練習になるとも。

父の手本を思い出しながら、一字ずつ丁寧に書いていった。場違いではないかとか、怪しまれていないかとか、席に着くまで気になっていたのに、筆を持つと雑念は飛んでいく。自分の手と教師の声に集中して、最後まで書ききった。

途中で躓(つまず)いていたら、暗記していないかぎり書ききれない長さの詩だった。手ごたえを感じながら顔を上げると、何人かの子が肩を落としているのが見えた。

「後列の者は前列の書紙を集め、提出しなさい」

最後列にいたリキョウは、横の席の子に倣って立ち上がり、自分の書紙の上に他の子の紙を重ねていく。最前列はシュインだ。シュインのほうから書紙を重ねてきて、そのときまじまじと顔を見られた。

先日ユーハンの内殿で目が合った、庶民の子だと気づかれているのがわかる。着ているのがユーハンの古着かどうかまではわからないだろうけれど、最上級の衣装を庶民が纏(まと)っていることに疑問を抱いているのも、鋭い視線が知らせる。

だが、それも一瞬のことだった。王の御前で、不必要な会話も接触もするわけにはいかない。学舎の子供たちとちがって、シュインも他の子も、身分の高い大人がいる場での分別がある。足をひっかけられることもなく、無事書紙を集めたリキョウは、シュインの字にざっと目を通した。丁寧で正確で、まるで大人の書写だ。リキョウだって書字には自信があるけれど、シュインを負かせたかと問われれば、審判にしかわからないとしか答えられない。それくらい、シュインの腕は確かだった。

「席で待つように」

集めた書紙を教師に渡し、最後列に戻ろうとしたとき、ユーハンの視線を感じてそちらを見た。目が合うと、やったか、と訊かれた気がした。なんとも言えないので、微妙な笑みで返すしかなく、俯き(うつむ)がちに後方へ戻っていくリキョウを、ユーハンとシュインはじっと見ていた。

席に戻って、恐る恐る壇上に視線を向けると、王と廷臣が順に書紙を確認していた。王はユーハンと同じく表情豊かで、書紙を見た感想はその面様だけでも伝わってくる。

「シュインはますます腕を上げたな」

ズハンが笑いかけると、シュインの父親は得意げながらも謙遜(けんそん)する。

「精進に限りはありません」

「はは。シュインは厳しい父を持ったものだ」

ユーハンの性格は父親譲りか。明朗に笑ったズハンは、次々と書紙に目を通していく。

「ユーハンの字は相変わらずだな。儂に似てしもうたか」

性格だけでなく、字も似ているとは。おおらかな王は、誰よりも楽しそうに審判を続ける。

「これはまた、良い腕前だ」

王が一枚の書紙を持ち上げ、感心に深く頷いた。しかし、末尾の名を見て首を傾げる。

「ジン・リキョウ。ジン家とは聞かぬ名だな……」

参加者を見回した王が、自分を探しているのは気づいたが、どうしていいのかわからず、リキョウは固まってしまった。会場がにわかにざわつく。

「ジン・リキョウはどこだ」

シュインの父に呼ばれ、気後れしながらも立ち上がった。視線が集中し、萎縮するリキョウに、王が微笑みかける。

「ジン家の名は聞いたことがない。父親はどこに勤めているのだ」

門内で行われている書写会なら、なんらかの役職がある父親をもつ子のはず。庶民に話しかけているとは思っていないだろう王に、リキョウは正直に答える。

「町の役所で書記をしています」

「町の役所？　門外のか」

「はい」

微かなどよめきが起こり、参加者の子供たちが幾人もリキョウを振り返る。

場違いだと思われているのはわかっている。だがリキョウは俯かなかった。父を誇りに思う息子の、真剣な表情に応えるためか、ズハンは門外の子でありながら参加していることについて言及しなかった。

「習字の師は誰だ」

「父です」

躊躇うことなく言えば、ズハンは感心の笑みを浮かべた。

「よほどの腕であろうな。今まで知らなかったとは損をした気分だ」

わははと笑った王につられて、リキョウも笑顔になった。最前列でユーハンも笑っているのが、その姿が見えなくてもわかる。

「しかし良い字を書くな、ジン家の子よ。整っているのもそうだが、読むのが快い」

心底感心した様子で、王は廷臣に書紙を見せた。

「甲乙つけがたいが、どうだ、皆も今日の勝者は決まったと思わぬか」

王がリキョウの書紙を審判の廷臣たちに見せながら、同意を求めると、三人の審判も頷いた。シュインの父親は納得がいかない顔をするかと思ったが、息子を贔屓したい親心よりも王への忠誠心が勝っているのだろう、静かに頷き、リキョウの成果を広げて参加者に見せた。

「ジン・リキョウ、よく顔を見たい。近う寄れ」

手招きされ、足音を立てないように気をつけて壇の前まで行くと、王は楽しそうに笑った。シュインの父親の視線は、それは冷たいものだったが、ズハンの柔和な笑みに相殺されて、不思議と嫌な気分にならなかった。

「将来は、書記になるつもりか」

「はい。父のような書記になりたいです」

「そうか。文官という職と、その試験は知っているか」

「はい」

文官の試験とは、年に一度催される、門内の役人になるための試験だ。国中から学問に覚えのある者が集まる一大行事だが、実際にその試験から文官になった者はいないと言われるほどの難関試験として有名だ。

町の役所の書記も誇らしい仕事だが、なれるなら文官になりたい。文官になっても、そこからさらにある程度の地位に就かなければ門内に居することはできないけれど、堂々と門を通ってよい身分になれる。そうすれば、今のようにユーハンが門外に会いにきてくれるのを待つばかりではなくなるからだ。

「年齢になれば受けるとよい」

「精進します」

書く字がきれいなだけでは到底受からないから、受験できる十九歳になるまで勉学に励まねばならない。教本は高価だから、どこまでできるかわからないけれど、努力を重ねれば道は拓けると信じたい。

頭を下げて、笑顔で顔を上げると、ズハンはとても満足そうだった。

「良い子だ。シキの国の将来も明るいな」

わはははと笑った王は、報奨品の筆を渡すよう、廷臣を促した。

「ありがとうございます」

木箱に入った立派な筆を受け取ったリキョウは、お辞儀をして席に戻った。

「実に有意義な書写会だった」

上機嫌で立ち上がった王ズハンは、参加者を労いつつ中殿から去っていった。その後を追う廷臣たちが去るまで、頭を下げていた子供たちだったが、最後に教師が中殿を出た途端、何人かが立ち上がってシュインを囲んだ。

「あんな庶民にシュインが負けるはずがない」

「貧乏人に筆を恵むための口実だろう。シュインが損をさせられるなんて、ひどい話だ」

わざと聞こえるように言っているのは、考えなくてもわかった。否定もしないし、書字で目立って嫌味を言われるのには慣れているので、リキョウはただ退場する頃合いだけが気になっていたのだが、嫌がらせに腹を立てたのはユーハンだった。

「聞こえているぞ」

立ち上がったユーハンは憤りを露わにしていて、シュインの取り巻きは気まずそうに俯いた。しかし一人は、自分たちの正当性を訴えようとする。

「王のご慈悲があったと言っただけです」

「お前は悪気がなかったとでも言うつもりか」

図星を指され、押し黙る取り巻きを一瞥したユーハンは、シュインを見た。

「シュイン、お前は負けを認めているのか」

酷にも感じられる問いにリキョウのほうが肩を竦めた。が、直後、信頼が込められていたことに気づく。状況に難癖をつけるのではなく、まず自分に目を向ける度量がある友人だと信じているから、ユーハンは訊けたのだ。

「はい。精進が足りなかったと思っています」

悔しさを隠さずにそう答えたシュインを、気丈だと思った。正当な自信と判断力、そして真の実力があることが、負けを認められる度量によって示されている。ユーハンも期待を裏切らないシュインをまっすぐ見ていた。

「本人がこう言っているのだ。お前たちは黙っていろ」

普段はおおらかで奔放な王子が、確固たる威厳を放った。離れた席のリキョウですら、心臓が強く打つのを感じ、目の前にいるシュインの取り巻きは相当焦っている。

誰かが言い訳をしようとして、ユーハンが掌（てのひら）を見せて制止する。

「シキの国は、一つの家族だ。民を貶すのなら、俺もお前を同じように扱う。覚えていろよ」

いずれユーハンが王となる国とその民を、蔑（さげす）むことは許さない。言い放ったユーハンに反論する者はいなかった。

リキョウを振り返ったユーハンは、そのまま最後列まで速足で歩いてきて、成り行きを見守るしかなかったリキョウの腕を摑んで立たせた。

「行くぞリキョウ。腹が減った」

「うん」

腕を摑んだままリキョウを中殿の外に連れ出したユーハンは、腕を放すと、リキョウの顔を正面から見て、にかっと笑った。

「やったな、リキョウ。優勝だ」

今までの努力が正当に認められた勝ちだと、確信を与えてくれる笑顔だ。今日の勝因には、庶民の書字が目立ったことへの物珍しさや、多少の情けもあったかもしれない。けれど、ユーハンはリキョウ自身が勝ったと信じているから、それが嬉しかった。

「勝てて嬉しいよ」

笑って返すと、勢いよく肩を抱かれ、頬が触れるくらい強く引き寄せられた。

その瞬間、心臓がどくんと大きく打った。初めて感じる類(たぐい)の鼓動だ。照れに近いけれどもうすこし複雑な何かが、胸の中でいくつも弾けて、肩を抱かれているあいだ、ユーハンの顔を見られなかった。

衣装と髪飾りを返したリキョウは、懐に報奨品の筆をしまって帰路についた。

城の門をくぐり、門内を南北に貫く通りに出ると、待ち構えていたようにシュインが現れた。否、待ち伏せされていたのだ。取り巻きは連れておらず、明らかな嫌がらせをしに現れたというわけではないように感じる。じっと見据えられ、居心地は悪かったが、リキョウは自分から挨拶をしてみる。

「こんにちは」

「王子に呼ばれて門内に出入りしているのは知っている。だからといって庶民が気安く門内に入るべきではない。門外では教えないようだが、身分を考えて誘いを断るのも礼儀だ。覚えておくといい」

挨拶も名乗りもしないで、いきなりそう言い放ったシュインは、とても落ち着いていた。ただの注意といった体で、声音は冷たく鋭い。

門内の貴族として、幼なじみとして。庶民がユーハンの周りをうろつくのが気に食わないのはわかっているつもりだ。身のほどを弁（わきま）えるという礼儀も知っている。しかしリキョウは、ユーハンの友達だ。

「そうかもしれない。でも、僕はユーハンが喜んでくれるなら、どこにだって行くよ」

門内、ましてや城に入るのは肩身が狭い。門外で会うほうがよっぽど気楽だ。門内に入るたびに、いつか自分のことが問題になり、ユーハンに迷惑をかける結果になるのではと案じている。けれど、友達に会いたいという純粋な願いが一番大切だと本気で思うから、ユーハンが無理を押してでも門外に会いにきてくれるぶん、リキョウも門内に来る。

「帰るね」

返事を待たずに歩き出したリキョウを、シュインが止めることはなかった。腹立たしそうなのは気づいていたが、リキョウにはどうしようもない。

友達をとられたようで気分が悪いのだろうと思う。貴族の子供の人間関係は、庶民の子とはくらべものにならないくらい複雑なのも察している。だがリキョウにそれを解決する術はない。シュインが自分と友好関係を築くつもりがないのは言われなくてもわかるし、なにより、シュインとユーハンの関係と問題だからだ。

ざらざらした気分で門を通ったリキョウだったが、町に出ると息がしやすくなった気がした。

良いことにだけ思考を集中させよう。胸元にしまってある報奨品の箱を、服の上から撫でれば、父の指導と自分の努力の成果が認められた喜びで、胸がいっぱいになった。

筆を持って帰ったリキョウは、両親にこれ以上ないほど褒められた。習字の師である父親は、目頭を熱くするほどの喜びようで、幸福を運ぶ孝行息子だと何度も言ってもらえた。

その翌日、新しい筆を使って、昼から夕方まで習字に精を出していると、父親が転びそうな勢いで家に入ってきた。

「そんなに慌ててどうしたの」

母もリキョウも驚くほど取り乱した父は、珍しく織物を抱えていた。

「さ、さっき、役所に門内の役人が来て、門内の書記職を与えられたっ」

「門内の!?」

母は手にしていた刺繡針を落としかけ、リキョウは筆を落としそうになった。本人が一番驚いていて、父は言葉がまとまらない様子で続ける。

「あさってから門内に通うことになる。これで服を縫ってくれないか。靴も、新調せねば」

織物を受け取った母は、丈を出していたリキョウの上着を慌てて畳んで、織物を広げた。

「急いで仕上げないと」

「おめでとう、お父さん」

「リキョウ、お前のおかげだ。お前の腕前があったから、門内に勤められるようになった」

「ユーハンが何か言ってくれたの？」

「王様が呼んでくださったと聞いている。書写会でリキョウが儂を師だと言ったからだそうだ。王子も口添えしてくださったかもしれない」

きっとユーハンがリキョウの腕を褒めちぎって、ズハンを乗り気にしてくれたのだろう。庶民にも有能な人間がいて、努力は評価されるべきだと話してくれた気がする。

リキョウも両親も、幸せいっぱいで笑顔が止まらなかった。母は夜なべをして上着を縫い、リキョウは翌日、母の代わりに洗濯や掃除をした。

そして、門内勤めの初日の朝、母の縫った上着を着て、新調した靴を履いた父は、とても嬉しそうに、そして誇らしげに、門内へと歩いていった。

＊＊＊

リキョウがユーハンと出逢ってから八年。ユーハンが町に来るのはすっかり日常になり、町の民はユーハンを見かけると気軽に挨拶するようになっている。それほど、雲の上の存在だった王子と庶民の距離が近づいたのは、リキョウの父が門内勤めになったのが契機だった。

リキョウの父は、字の読み書きができない人の借用書や契約書を、無償で代筆したり、読んで内容を伝えたりしていた。他にも、役所の張り紙の内容が複雑な場合には人気の屋台に要約を配るなど、町の親切者として大変よく知られていた。そんな庶民の努力を認め、門内勤めの書記に登用した王に人々は以前に増して敬愛を抱くようになり、積極的に庶民の生活を知ろうとするユーハンはより身近な存在として、民の親愛を集めている。

　そして、王子の友人として町の誰もが知る存在であるリキョウは、町の通りに面した本屋で複写師として働いている。店主に書字の腕を買われて、十五のときに勤め始めた。主に教本の複写をさせてもらっている。複写は給金も良く、教本を写せば勉強にもなるので、リキョウにとってはこれ以上を望めない職だ。

　秋が深まり、紅葉が美しい今日も、本屋の奥の作業場で机に向かい、教本を複写する。高等学問の書を三冊分任せられているので、一週間ほどかけて内容を覚えつつ写していくのだ。

「王子はどんな妃を迎えられるのかねぇ」

　向かいの席で詩集を複写している店主が言った。

十九歳になったユーハンが誰を娶（めと）るのか。国中の関心が集まっている。現王の成婚が十八だったことを考えると、結婚相手が決まっていないのは異例とも言える。許嫁（いいなずけ）の存在も噂（うわさ）されていたが、いつの間にか消え、誰もがユーハンの決断を待っている状態だ。

「どうなるのでしょうね」

　リキョウなら何か知っているだろうと言いたげな店主に、肩を竦めてみせるしかなかった。本当に何も知らないからだ。

「王子は十九歳になられた自覚があまりないように見受けられる」

王族を身近に感じさせるユーハンの、気さくな人柄を民は愛してやまないが、次期王としての自覚が足りないと、店主は危惧しているようだ。

「王子のことですから、決まれば早いと思いますよ」

明朗な性格のユーハンだが、周囲があまりにも勧めたり促したりすると突っぱねてしまう天邪鬼なところがないとは言えない。門内では特に、結婚の話題が頻繁に上るだろう。今は意地になっている状態のはずで、周囲が諦めたころに結婚相手を決める気がしている。

「近侍もまだ選んでおられないのだろう。廷臣さまの息子の……、名前は何だったか、その方を正式に指名されるだけで済む話だそうじゃないか」

はぁっと溜め息をついた店主に、リキョウは微妙な表情で返すほかなかった。

ユーハンが選ぶべきもう一人の近侍とは、王または王子を公私にわたって支える、最も頼りにされる存在だ。同性の恋人を近侍にした王が過去にいるという噂もある。要は、それほど主と一緒にいる時間が長い役職なのだが、有力視されているのはシュインだ。廷臣の筆頭である父親に、将来の近侍にと育てられてきた。本人もそのつもりで精進してきたのは誰もが認めるところで、店主の言うとおり、ユーハンの指名を待つのみである。

しかし、ユーハンは一向に指名しようとしない。その理由を、リキョウは知っている。けれどそれは、とてもではないが人に言えるものではない。

「奥さん、いらっしゃい。今日は良いのが入っていますよ。色性（しきせい）を奪い合う色男の話でね……」

店先から女将（おかみ）の元気な声が響いてきた。得意客の女性の声も一緒に聞こえる。

「閨（ねや）の話も、それはもうよく書いてあって、奥さんの好みのはずですよ」

作業場と店舗の仕切りは扉一つで、興奮気味な女性たちの会話は筒抜けだ。

この本屋には教本から色恋を詳しく書いた春本まで置かれていて、女将は春本に詳しく、店に置くものはすべて読んでいる。春本を求めてやってくる客とは必ず楽しげに会話をするのだが、声量がある人なので会話がすべて聞こえてしまうのだ。

「色性の陰間（かげま）も、健気（けなげ）でいい男でねぇ」

勧めているのは男色の春本のようだ。色性とは、男性のみに現れる特異性二種のうちの一つで、男性なのに子を身籠（みごも）るとか。他にも変わった特徴があるはずだが、リキョウは生憎（あいにく）あまり知らない。伝説と違わないほど身近には耳にしない存在だから、それこそ本で読むか調べるかしないと知りようがないのだ。

それにしても表の会話は開けっ広げだ。思わず眉を上げると、店主が短い溜め息をついた。

「おーい。声を落としてくれないか。作業が滞ってしまうよ」

呆れ声に窘められて、女性たちがくすっと笑ったのが聞こえた。それからは、高い声がこそこそと楽しげに話しているだけで、内容までは聞こえなくなった。

「僕ももう十八ですから、平気ですよ」

リキョウが教本ばかり写すので、複写の経験豊富な店主が春本や世事本を写す羽目になっている。リキョウが勉強できるようにと気遣ってくれているけれど、もういい年齢なので遠慮はしないでほしい。が、店主は首を横に振る。

「ああいうのは予習するものじゃあないよ。隠居するころの小遣い稼ぎまでとっておけばいい」

苦笑する店主に、リキョウも眉尻を下げた。リキョウだって年ごろの若者で、結婚を考え始めてもおかしくない。だが、相変わらずの華奢な身体つきで、近所では薪割りも任せられないと揶揄されている。実際は薪割りをしているが、男手が必要とされる場面では誰もリキョウに頼もうとしないのも事実だ。ただ、父が門内勤めというのもあり、甲斐性だけは見込まれている。リキョウ自身も文官の試験を受ける気でいるので、もし文官になれれば、あるいは振り返ってくれる女性が現れるかもしれない。

もし興味を示してくる女性がいても、困るだけだけれど。好きなひととは、結ばれるわけがないから。

溜め息をかみ殺したとき、女将が声の大きさを忘れて話し出した。

「色性といえば、奥さん、町はずれの酒造の三男、とんと見かけないと思ったら、色性だったんですって。珍しいからって異国からわざわざ人買いが来たとか」

おしゃべりな女将は町の情報通で、それ目当ての常連客もいるくらいだ。内容は聞かないようにしているのだけれど、今回は人買いという物騒な響きがどうしてもひっかかった。

「おーい、表のほうで続けてくれないか」

リキョウの手が完全に止まったのに気づいてか、店主が女将に声をかけた。すぐに声は聞こえなくなったけれど、作業場の空気が微妙になってしまう。

気を取り直して、筆先を整えると、同じように筆を握り直した店主が言った。

「異国の人買いとは物騒な話だ。リキョウも年ごろだから気をつけなさい。同じ年ごろの親戚なんかにも、気をつけるように言ってやるといい」

「はい」

シキの国のそばには一大帝国があり、その先にも大きな国がいくつもあるという。異国からの渡来品や物語の本は面白いものばかりだが、人買いに目をつけられて、攫われでもしたら二度と戻ってこられない。自分のように非力な見た目だときっと狙われやすいし、強引に引きずられでもしたらおしまいだ。

「あの、色性とは、異国から探しにくるほど貴重なのですか」

どうしても気になったので訊いてみると、店主もよくは知らないという顔をする。

「阿性と番うと子を成せるとかで、異国では珍重されているらしいが、春本の言うことだからどうだかね」

「阿性といえば、革命を成し遂げるのはいつも阿性というのをどこかで読んだ気がします」

もう一つの特異性である阿性は、豪傑の性として知られ、尊栄と信望を集める存在だという。

「ああ、その本なら覚えているよ。しかしあれは、史書に見せかけた物語だったから、どこまで本当かはわからないな」

阿性と色性について、庶民が知っていることは多くてもこの程度だ。知らなくても生活に困らないし、身近にいなければ関係もない。この本屋で働いていなければ、その存在すら忘れていたかもしれないくらいだ。

そこで会話は終わり、二人は作業に戻った。常連客も帰ったようで、本屋はいつもの静けさを取り戻した。

一冊の教本を仕上げ、仕事を終えたリキョウは、本屋のある表通りを歩いて自宅へ向かった。さっきの人買いの話が気になって、通勤路にしている裏路地を歩くのが不気味に感じられたからだ。

ついでに、夕飯の遣いをしよう。母に必要なものがあるか訊くため、団子屋に寄ると、いつものこの時間なら片づけに忙しいはずの母と叔母が大量の団子を包んでいた。

「ああ、リキョウ。ちょうどよかった。この団子を王子に持っていってちょうだい」

挨拶よりも先に四本の団子を渡され、リキョウは呆気にとられた。

「王子に？」

戸惑っていると、母が眉尻を下げる。

「今日はそこの米屋の結婚式で祝い団子を作るってあったでしょう。夜まで忙しいからって。夕飯はどこかで食べておくれ」

確かに、祝い団子の注文について、昨夜母が話していたのは思い出した。が、ユーハンのぶんの団子を突然渡されても困ってしまう。

「祝い団子は思い出したけど、この四本は王子に頼まれているの？」

「頼まれてはないよ。ただ久しぶりに王子にも食べてもらいたくてね。王子はできたてが好きだから、急いで届けてちょうだい」

「そんな、突然行けないよ……」

言ってみたが、ちょうど米屋の女将が来てしまって、母はそっちに気をとられている。

仕方なく、団子を抱えて門のほうへ歩きだすが、気は重かった。子供のころは、門内への出入りを黙認してもらえていたが、職に就き身分が確立される年齢になるとそうはいかない。父が門内勤めだから出入りができるだろうと、事情を知らない人には言われるが、父は父だからこそ出入りを許されているだけで、町の本屋の複写師であるリキョウは、門内に入る許可など得られないはずなのだ。

だからここ数年は、ユーハンが門外に出てきたときに会うことがほとんどになっている。王子として執政を学ぶようになったユーハンは忙しく、十日に一度顔を見られるかどうかだ。

門の前に着くと、リキョウが子供のころから門番をしている男性が今日も番をしていた。リキョウの顔をもちろん知っていて、ユーハンに会いにきたのも察しているだろう。しかし、門番としてはリキョウを阻まねばならず、心苦しそうな顔をしている。

「団子を届けにきました」

嘘（うそ）ではないが、頼まれてもいないので、小さな声で言ってしまった。門番は数拍考えてから、視線で門を通るように促してくる。ユーハンが注文した品を届けにきたと思ったと、言い訳ができるからだろう。

頭を下げて、門を通ったが、気持ちのせいか息苦しかった。俯きがちに城へ向かおうとすると、目の前で男性が立ち止まる。

「下町の複写師が門内で何をしているのだ」

声の主はシュインだ。仕方なく顔を上げると、ある意味見慣れている顔が苛立ちを露わにしていた。

「団子を届けにきたのだよ」

「門内にも団子はある。町から届ける必要はない」

初めて目が合った八年前から、シュインには煙たがられている。なぜかはよくわかっているので気にはしないが、この男がユーハンの近侍になったら、ユーハンとは二度と会えなくなりそうで、それだけは恐れている。

次期王の近侍になろうとするシュインの努力は、まさに血の滲むものだったと聞く。リキョウという、庶民のくせにユーハンの周囲をうろつく存在が現れてからは、短絡的に批判するのでなく、ますます勉学に励んだそうだ。ユーハンの目がないところでは、リキョウに色々言ってきたが、それも身分の違いについて釘を刺すもので、徹底的な嫌がらせだったことは一度もない。

嫌な人間ではない。苦手ではあるが、シュインを嫌いだと感じたことはなかった。だがユーハンがあいだにいる限り、シュインがリキョウという存在を許すことはないし、リキョウには、そんなシュインの気持ちを解消することはできない。

シュインに止められた時点で、ユーハンに団子を届けるのは不可能だ。このまま帰ろう。また来るとも、二度と来ないとも言えず、何と言って去るか考えていると、足音が急速にこちらに向かってくる。

「リキョウ」

弾んだ声で呼んだのはユーハンだった。のびのびした性格が現れたのか、ぐんぐん背が伸びて、体格も大きくなった王子は、歴代の王子で一番の色男との呼び声が高い整った容貌(ようぼう)に、笑みを浮かべている。

王子にふさわしい、威厳を感じさせる豪奢(ごうしゃ)な襟の深衣や宝石のついた帯飾りを身に着けても、身分の高貴さをまるで感じさせない笑顔は、子供のころから変わらない。思わずほっとして微笑んだリキョウの向かいで、シュインが唇を噛(か)んだ。

「今会いにいこうと思っていたところだ。お、その手にあるのは団子か」

笑顔で目の前まで来たユーハンは、リキョウの返事を待たずに団子の包みを手に取った。

「この温かさはできたてだな。ありがとう、リキョウ。うーん、うまい」

躊躇なく包みを広げ、団子を口に入れた王子は、出逢ったころと変わらない朗らかさでリキョウを笑顔にするも、シュインは納得がいかない様子で言う。

「王子、もう日が暮れるというのに町に出るつもりですか。あと、無暗に物を食してはいけません」

その口調はもはや近侍のものだった。だがユーハンは意に介さず、団子を食べ続ける。

シキの王子はユーハン一人だ。警護は年々厳しくなり、食事も、抜き打ちの毒見がされるとか。王もユーハンも、貴族から庶民まで幅広い支持を受けて、身の危険を案じる必要はないはずだが、唯一の王子の肩にかかる責任は重大だ。

しかし、そんな現実をユーハンはほんのすこしも感じさせない。リキョウの前では、ただの若者、シキの民の一人だ。

「そう怒るな。ほら、お前も食べたいのだろう。一本やるから落ち着け」

ほぼ押しつける形でシュインに団子を持たせたユーハンは、リキョウだけを連れてこの場を離れようとする。団子に夢中なユーハンの肩に隠れて、気づかれないように一瞬シュインを振り返ると、悔しさと寂しさをかみ殺しているのが見えた。

あの顔を見るたび、胸が苦しくなる。シュインの、近侍になるための努力は、ユーハンへの友情や忠誠心だけではないと感じるからだ。

「通りの飯屋に行こう。あそこの煮つけはうまい」

二本目の団子を食べながら言うユーハンに、リキョウは苦笑しつつも頷いた。

ユーハンにとってシュインは幼なじみの友人だ。リキョウの前ではシュインに対し素っ気ない態度をとるけれど、本当は誰よりも頼りにしているのを言葉の端々に感じる。だから、よりシュインが気の毒になる。そして、伝えられない想いを抱える苦しさに、自分の心が共鳴するのを感じる。

「シュインの言うとおり、外出は気をつけたほうがいいよ」

せめてもの気持ちで、シュインに一理ありだと言えば、ユーハンは背後を振り返り、三人の護衛がついてきているのを確かめた。

「問題ない」

屈強な護衛もいれば、ユーハン自身も大きな体格をしている。書字や座学は結局、あまり好まないままでも、弓術、剣術、体術に馬術と、身体を動かすことはともかく優秀な男だから、物理的な身の危険という意味では確かに、問題ない。

「ところで、考えてくれたか」

門を抜けた直後に訊かれ、リキョウは曖昧（あいまい）な表情に徹するしかなかった。

「門外出身の近侍なんておかしいよ」

ユーハンは、リキョウを近侍にしたいと言い続けている。これが、最有力候補のシュインが指名されない理由だ。

「おかしいと考えるのがおかしいだろう。シキの民は皆家族だ。門の内も外も関係なく、シキは一つの大きな家族だ」

ユーハンの信条は子供のころから変わらず。身分に違いはあれど、結局はシキの国を一体として考えている。だから、こうして門外に出て、庶民の飯屋に臆さず入るし、リキョウも遠慮せず門内に入ればいいと言う。

その気持ちは嬉しい。けれど、庶民を近侍にして困るのはユーハンだから、リキョウはうんと言えない。

「門内のことを何一つ知らない近侍なんて無理があるよ。僕は文官の試験、頑張るから」

自分で門内での居場所を作る。分相応の距離から王になるユーハンを見つめるのが、リキョウにできること。しかし、ユーハンは一度決めたらてこでも動かない性格だ。

「門内に生まれていたら、近侍の職は断らなかったのか」

訊かれ、答えに詰まった。

近侍は誰よりも主のそばにいる存在だ。すなわち、妻を迎え、家族を築くユーハンを最も近くで見守ることになる。もし貴族の生まれであっても、断りたいほど酷な立場だ。好きなひとが誰かに恋情を向けるのを、間近で見るのは辛すぎる。

ユーハンが好きだ。ひととして男として、恋慕と愛情を抱いている。

恋慕に気づいた瞬間から、一生隠し通す覚悟は決まっている。とても自然に、絶対に知られてはならないことを理解した。本来なら友達にすらなれなかったはずの王子に恋心を抱いたなら、報われないだけでは済まない。そう、不思議なくらい冷静に悟ったのだ。

「どうだろう。この町に生まれたから、わからない」

数えきれないくらい、似たような問答を繰り返してきた。それでも諦めないユーハンに心苦しさが募り、同時に安堵してしまう自分がいる。

近侍に選ぼうとするほど近しく感じてくれているのが、嬉しい。ユーハンだって、心の底では庶民を近侍にできないことくらいわかっているかもしれないのに、それでも諦めずにいてくれることに、どうしても安堵してしまう自分がいる。

しかし、このままやんわり断り続けても、ユーハンが諦める日は来ないだろう。本屋の店主のように、門外の民が心配するほど近侍選びは遅れているのだ。怒らせてしまうことも覚悟で、はっきりと断らねば、回り回ってユーハンの迷惑になる。

「近侍には、シュインが適しているって誰もが思っているよ」

近侍の話題で初めてシュインの名を出した。意地になっているユーハンを刺激したくなかったのと、自分から好きなひとを差し出すようで言えなかったのと。苦い感情が胸の中に靄をつくるのを感じながらも言えば、勢いよく腕を掴まれた。

「俺は、リキョウに近侍になってほしいのだ」

絶対に譲らないと言い放ったユーハンの語尾は今までになく鋭かった。それは近くを歩いていた人々が驚いて立ち止まるほどに。

リキョウも驚いて立ち尽くすと、腕をきつく掴んでいたことに気づいたユーハンが、気まずそうに手を離し、顔を逸らした。

「そんなに嫌がるな。傷つくだろう」

忙しなく瞬きをしたユーハンは、拗ねたような表情で、目の前まで来ていた飯屋に黙って入った。呆気にとられつつも、女将に奥の席へと案内されるユーハンを追うと、ついてきているか心配そうに振り返られて、視線が合うと目を逸らされてしまう。

向かい合って席に着いたが、二人してしばらく黙っていた。むきになったことを恥じている様子のユーハンと、それほど強く近侍にと求められ、照れと困惑に声をかけづらいリキョウ。沈黙を察した女将が気を利かせて、「今日はいい栗と芋が入っていますよ」と、明るい声で言いながら、小料理の皿を並べた。芋の煮つけがとても艶があっておいしそうで、我慢できずに箸を持ったユーハンが、ぼそっと言う。

「リキョウがどうしても嫌だと言うなら、もう近侍の話はしない」

その声音がまるで拗ねた少年で、笑ってしまいそうになった。まったく諦めていないのがよくわかって、だからこそ、気持ちがきちんと伝わるように、穏やかに答える。

「僕は、ユーハンに幸せになってほしい。必要な知識を持っている、ふさわしい身分の近侍に支えられて、王妃様のような素敵な妻を迎えて、立派な王様になってほしいんだよ」

王として男として、幸せに生きてほしい。そのためには、公私を支える有能な右腕が必要だ。そして、素敵な女性と可愛い子供をもうけて、男としての幸せを手にしてほしい。友として、最大の幸福を願っている。そう心の底から伝えようとしたのに、ユーハンは悲しげにも見える表情でリキョウを見た。

「それが俺の幸せだとなぜわかるのだ」

まっすぐ見つめられ、リキョウは答えられなかった。

「ユーハン……」

友として、真剣にユーハンのためを考えてきたつもりだった。けれど、ユーハンの描く理想は違っている。見えているものが違うのだと、このときやっと気づいた。

無知で無力な自分が悲しくて、まったく役に立たない心配をしていたことが口惜しい。

そしてやはり、自分なんかに近侍が務まるわけがないと確信して、それだけはユーハンも同感のはずだと思った。

視線を落とすと、苛立ちを発散するかのように、ユーハンが左手を開いては握っていた。何と言えばよいのか。不要な瞬きを繰り返していると、落ち着かずにいた左手が、とんと机を叩いた。

「やめだ、やめだ。俺は腹が減っている」

顔を上げると、ユーハンは芋の煮つけを勢いよく頬張った。慌ただしく咀嚼（そしゃく）して飲み込んだかと思えば、女将を呼んで酒を頼んだ。

ユーハンがリキョウの前で酒を呑（の）むのは初めてだ。一緒に食事をしたことがあるのは門外の店だけだが、本来なら頻繁に訪れる場所ではないと自覚しているのだろう、どれほど酒に合う料理があっても呑むことはなかった。

しかし今日は何かが違う。女将も、慌てて一番いい酒を買ってくるように、下働きを酒屋に走らせていた。

一番近い席で、店内に馴染（なじ）むよう料理を摘（つ）まみつつも警戒を続ける護衛ですら、ユーハンが酒を頼んだのに肩を揺らしていた。何か、無理にでも酔いたい理由があるのだろうか。近侍のこと以外に、問題があるのかもしれない。話すことで楽になるならいくらでも聞くが、理解できるかは自信がない。

不安に感じつつ、小料理を口に運ぶユーハンの様子を気にしていると、運ばれてきた酒を勧められた。

「たまにはいいだろう」

本来ならリキョウが酌をするべきなのに、先に銚子を掲げられてしまい、酒杯に手を添えるしかなくなった。

「ありがとう」

注いでもらい、いっぱいになった酒杯を置いて酌をしようとしたが、ユーハンは自分で酒を注いでしまった。そして一気に飲み干し、リキョウも飲むよう視線を向けてくる。

せめてもの礼儀として、口元を左手で隠して一杯飲み干した。父や本屋の店主と何度か呑んだことがあって、見た目に反して酒には強い自覚がある。だからといってたくさん飲んだりはしないが、ユーハンがどれほど呑むのかは知らない。

「お酒を呑んでいるところを初めて見たよ」

新鮮に感じられて、小さく微笑むと、ユーハンは唇の端を力ませた。

「あまり好きではない」

珍しく頼んだ酒を好きでないと言われては、より不安になる。表情に出たのだろう、ユーハンがぼそっと付け加える。

「食べるほうが好きなだけだ。ただ今日は、たまにはいいと思ったのだ」

どこか照れた様子でそう言って、ユーハンはよく食べて、ほどよく呑んだ。胸の中にひっかかりがあるのは間違いなさそうだったが、庶民の味に飢えていたのも大きいようだった。リキョウも遠慮せずに箸を動かす。こうして二人で食事をするときは、友達らしく、遠慮はしない。八年間そうしてきた。

快調に皿を空にしていき、銚子も空になったときだった。ユーハンが箸を揃え、なぜかこくりと大きく頷いた。

「酔った」

「えっ」

「酔った。今すぐに寝たい」

だらしない笑みを浮かべるユーハンの目はうっすらとしか開いていなくて、それは完全に酔っ払いの顔だった。

下戸だったのか。空にしたのは銚子一つで、大した量ではない。ユーハンが門外で酒を呑まないのはてっきり、護衛の手前もあって緊張感を保つためだとばかり思っていたが、ただ単に、酒に弱いだけだったらしい。

外見と呑める量が比例しないのは知っていたつもりだけれど、ユーハンの体格から受ける印象には完全に裏切られた。

呆気にとられるリキョウの前で、ユーハンはへらへらと笑い続けている。

「すこしだけ待って。駕籠を呼んでもらうから」

護衛を見遣ると、一人が立ち上がったが、ユーハンが勢いよく手を伸ばして止める。

「駕籠は嫌だ。気分が悪くなる。隣は宿だろう。そこで寝る」

「宿といっても、ユーハンの思うような宿では……」

王子の満足する寝床などあるわけがない。突然の門外での宿泊も、宿の質も、すべてが問題だ。なんとか制止しようとするも、ユーハンは構わず、懐から硬貨の束を取り出し、机に置いた。

「いくぞ、リキョウ」

立ち上がった酔っ払いは、ただでさえ一度決めたらてこでも動かない男だ。リキョウも立ち上がり、物理的に止めようとするも、逆に肩に腕を回された。

「ユーハン、うわっ」

肩を組まれたと思ったら、思いきり体重がかかってきて、こけそうになった。

「僕じゃあ運べないよ」

二回りは体格が大きいことを完全に忘れているようだ。護衛が手助けしようとすると、「歩いているだろう、無礼者」と、酔っ払い独特の難癖をつけて、助けの手を払い落としてしまう。リキョウと一緒のときはただの若者になるとはいえ、王子のこんな姿が大勢に見られていいはずがない。四苦八苦してなんとか店を出て、できる限り急いで隣の宿の表をくぐると、店主と女将が大慌てでユーハンの寝床を用意した。

「王子が来るなんて聞いてないよ」

田舎から町に来る旅人が泊まる質素な宿だ。女将は恐縮した様子で、小声でリキョウにそう言った。

「珍しく酒を呑んだと思ったら、こうなってしまいました」

狭い廊下を進みながら眉尻を下げると、女将も苦笑した。

「歩いているだろう」

「はいはい」

酔っ払いらしい主張をする、足元が危ういユーハンをなんとか部屋まで支えていくと、そこにはリキョウが普段使っているものとさして変わらない寝床があった。しかし、これでも空いている中で一番良い部屋だろう。何も悪くないのに、女将は恐縮したきりだった。

「ユーハン、着いたよ」

寝床のそばまで連れていき、声をかけた。自力で寝床に入ってほしいのに、ユーハンはリキョウにもたれたまま寝息を立てそうだ。

護衛に助けを求めようか。振り返ると、二人の護衛は扉の両端に張りついていて動かない。命の危険でもない限り、護衛は王子の居室や寝室の中に入らないからだ。もう一人はおそらく外の安全を確認しにいってここにおらず、リキョウ一人でこの大柄な酔っ払いを寝かせねばならなくなった。

護衛の助けを諦めると、扉が閉められて、本当に二人きりになってしまった。

「上着を脱いで寝たほうがいい。皺になってしまうから」

肩にかかる体重を押し返せば、意外なほど素直に酔っ払いは一人で立った。しかし目は閉じていて、上着を脱ごうとせず、代わりに「ん」と言って両腕を広げる。

一瞬何が起こっているのかわからなかった。が、顎を上げて立ったままのユーハンが、城の生活と同様に着替えの手伝いを待っていることに気がついて、思わず脱力した。

王子は、自分で着替えない。当然のことかもしれないが忘れていた。酔っているとはいえ、こんなところでただの若者から王子に戻られるとは。

「仕方がないな」

すこしくらいぼやいても許されるべきだ。やれやれ、と、帯に手をかけるも、誰かの服を脱がせるのは初めてで、帯を解いて上着の前も開くと、照れくさくなった。なんとなくユーハンのことを直視できないまま、それでも上着を預かり、丁寧に畳む。そして小さな棚の上に上着を置こうとしたとき、何かが滑り落ちた。慌てて拾えば、それが子供のころに沢で拾った宝の石だったことに気づいた。ずっと大切に持っていたなんて。袋は所々毛羽立っていて、ユーハンがこの石をずっと持ち歩いていたことを静かに物語っている。あまりのいじらしさに思わず笑んだリキョウは、巾着袋を帯に挟んで、ユーハンを振り返った。そして、溜め息を一つ吐く。寝床に入るくらいは自力でできるだろうと思ったのに、ユーハンは同じところに立ったままだ。

「まさか、自分で布団を捲ったことがないのか」

自立とはほど遠い暮らしをしてきたらしい。しかし布団も自分で捲らないとは、いくら王子とはいえ、呆れてしまいたくなる。

「ほら、質素かもしれないけれど、清潔な寝床だよ」

自分から泊まると言ったのだから、寝床の質に文句はないだろう。上布団を持ち上げ、寝床に入るよう促すと、ユーハンはやっと布団に腰かけた。

そのまま寝ると思いきや、ユーハンはリキョウの腰に両手を回した。そして寝転ぶ勢いのままにリキョウの腰を強く引いた。

いた。

「うわっ」

布団に尻もちをついたリキョウに、ユーハンはぐっとしがみつく。まったく立ち上がれないほど強く腰に手を回されて、一晩中このままで帰してもらえない可能性が頭にちらついた。

「ユーハン」

「そばにいてくれ」

囁くように言った声はとても不安げで、心許ない気分にさせる。そばにいるとは、今夜のことか、それともこれから先のことなのか。はかりかねて、答えを探すために顔を覗くと、両目はしっかり閉じられていて、一瞬にして眠りに落ちてしまったようだった。

しかし腰に回された手の力は抜けず、リキョウは立ち上がれないまま。それを厄介と感じることはなかった。大きな身体を屈めてしがみつくユーハンが、どうして好きでもない酒を酔うまで呑んだのか、やっと見当がついたから。

最後のわがままを言いにきたのだ。本当はもう近侍は決まっていて、もしかしたら婚約者も決まっているかもしれない。リキョウが断るとわかっていて、それでも最後に、友達を近侍にしたいと、実らない願いを言いにきたに違いない。だから、門外での外泊や庶民の店での飲食も、今後できないことをやりに来たのだ。

いよいよ、王子と庶民に戻る。正しい距離があいて、友達は会えないひとになる。

「僕だってそばにいたいよ」

眠ってしまった酔っ払いに、聞こえるか聞こえないかの小さな声で呟いた。言いたくて言えなかった本心を、叶わないわがままを声にした。

もう一度ユーハンの顔を覗くと、さっきと変わらず、静かに眠っている。離してくれなさそうなのも変わらない。

帰るのはもう諦めたほうがいいようだ。一生隠していく本心を声に出して言えて、すっきりしたので、このまま座って寝ても構わないと思える。

目を閉じるとうとうとしたが、居眠り癖がないせいか、やはり座って眠るのは難しかった。しばらく座って寝ようと試すも、結局眠気が勝って、ユーハンの横に寝転んで、そのまま眠ってしまった。

目を覚ますと、それは楽しげに笑んでいるユーハンと目が合った。

「……なにを笑っているの？」

「赤子のような寝顔だったぞ」

横になったまま頬杖をついているユーハンは、昨日の酔い方が嘘のように、すっきり爽快な目覚めだったようだ。しかも、リキョウが自分のせいで隣に寝る羽目になったことなどまったく覚えていないかのように、童顔を茶化してくるのだから手に負えない。

「誰のせいで布団の端に寝ることになったと思っているのさ」

「俺のことが恋しくて離れられなかったのだろう」

「なっ……！」

まるで下心があったかのように茶化されて、恥ずかしくて勢いよく起き上がると、ユーハンは寝床を飛び出てわざとらしく伸びをした。

「リキョウに腕を枕にされて、さっきまで腕が痺れて上げられなかった」

「なにをっ、離さなかったのはユーハンだろう。見てみろ、この上着の皺。離してくれないから脱げなかった」

まるでリキョウのほうが酔って上着も脱がずに寝てしまったかのようだ。なのに、ユーハンはただ面白そうに笑って、昨夜のように両腕を広げて「ん」と、上着を着せるようせがんでくる。

「自分で着なさい」

思わず子供に言うような口調になって、上着と帯を渡すと、ユーハンは仕方なさそうに畳んであった上着を広げる。

上着を着るだけとはいえ、着替え姿を見るのは失礼な気がして、背を向けて待つことにした。茶化された反動で素っ気ない態度をとったものの、ユーハンが帯を締められるのか不安だ。やっぱり手伝おうか迷っていると、帯が締まる音がして、ユーハンが自力で身支度を整えているのがわかった。

やればできるではないか、などと、少々失礼な感想が頭に浮かんだとき、突然背後から肩に手を回された。

「着替えたぞ」

耳元にユーハンの唇がある。まるで背後から抱くような体勢に、心臓が強く鼓動を打った。好きなひとに抱きしめられたいという純粋な願望は、ずっと胸にあって、その願いに限りなく近い状況に、どうしても胸が高鳴る。

「そろそろ出よう。朝餉は城まで待てるかい？」

鼓動が駆けて、落ち着かない。この胸の内を知られないためにも、宿を出るよう促したけれど、本当はもうすこしだけこのままでいたかった。こうしてじゃれあうのも、もう最後かもしれないから。

ぎゅっと力が込められ、感情が溢れそうになった。咄嗟に息を詰めたリキョウに、どこか面白そうな表情を向けたユーハンは、満足したのかリキョウを離して、両肩をぽんと叩いた。

「粥の屋台に行こう。リキョウの家の近くにあるのが一番うまい」

「よく覚えているね」

生姜がきいた粥は、庶民の屋台のものも、門内で売られているものもそう変わらないとユーハンは言う。それにしてもよく門外の味を覚えているものだ。いつも感心させられるが、随分前に一度だけ食べた屋台の粥の味と場所を覚えていたことには驚かされた。

おかげで、喉元までせり上がっていた、積もり積もった片恋が零れださずに済んだ。いつもと変わらない、友達の顔に戻ったリキョウは、ユーハンと一緒に共用の手洗い場で顔を洗い、宿を出て自宅のほうへと向かう。

屋台に着くと、夜通し警戒する羽目になった護衛も一緒に粥を平らげた。皆で食べ終わると、ユーハンはリキョウを自宅まで送ると言い出した。

「一人で帰れるよ」

「無断で外泊して心配させてしまったから、原因を作った俺が謝る」

「そんな、年ごろの娘でもあるまいし」

嫁入り前の若い女性を案じるようなことを言われて苦笑すれば、予想に反して真剣な表情で見つめられた。

「子供のころから、ジン家の大事な一人息子を振り回してきたからな。リキョウの両親には今以上に呆れられないようにしなければ」

　奔放さに自覚があったことは正直に言うと意外だったが、リキョウも両親も、振り回されたと思ったことは一度もない。

「父が門内勤めをできるようになったのも、団子屋が評判になったのも、ユーハンのおかげだろう。感謝こそすれ、呆れたりはしないよ」

　シュインばかり首席をとるのを阻止したかっただけだとユーハンは言うが、あの書写会に呼んでくれたのは、リキョウの努力がなんらかの形で報われるよう、機会を与えようとしていたからだ。そうでなければ、都合よくリキョウの父親が門内の書記に抜擢されるはずがない。何度も団子を食べにきたのだって、自分の影響力を理解してのことだった。そんな素振りは一切見せないけれど、ユーハンは、とても頼りになる友で、思いやり深い王子だ。

　大きな良心を活発さに隠して、さりげなく人を助けるこのひとが、好きでたまらない。目を合わせると、気持ちを悟られてしまいそうで、ひたすら前を見て歩いた。

　自宅の小さな門の前に着き、送ってくれた礼を言おうとしたとき、同時に立ち止まったユーハンは護衛に離れるよう指示をした。

「リキョウ」

逃げ場を与えない眼差しで見つめられ、凛々しい目元を見つめ返せば、ユーハンは胸の奥から絞り出すように言った。

「俺のそばにいてくれ。これからはずっと、そばにいてくれ」

今までの、近侍に登用したいという話とは、まったく違う熱量を孕んだ声音だった。

「ユーハン……」

「リキョウも、そばにいたいと思ってくれているのだろう」

まっすぐ見つめる双眸は、確信の色を映している。ユーハンが酔って寝ていると思い込み、溢した本音を聞かれていたのだ。

「僕も酔っていたから、変なことを言っただけ――」

「俺もリキョウも、酔ってなどいなかった」

ユーハンが無防備に酔っていたように見せたのは、確信的行動だった。嘘偽りなど考えもしない男が、どうして酔ったふりをしたのか。

「演じていたのか」

「本音を聞きたかった」

今までになかった行動に徹することで、リキョウの油断を誘った。そうして引き出した本音を、ユーハンは言葉のままに信じているけれど、真の意味にはたどり着かずにいる。

まさか、友達だと信じている相手に、片恋を寄せられているなんて、想像もしていないだろうから。

「僕は、ユーハンの友達のままでいたい」

ユーハンのそばにいられる近侍という立場に、魅力を感じないと言えば嘘になる。けれど、恋慕を知られて敬遠されることが何よりも怖い。選ぶ自由があるなら、離れたところからユーハンを見守りたい。友達のままでいられたら、たとえ会えなくなったって、ユーハンの心のどこかに居場所があるはずだから。

どうか友達のままでいさせてほしい。見つめ返すと、ユーハンは一瞬唇を噛んでから、静かに答える。

「それならば、やはり近侍の役目はリキョウに任せる。王の近侍は代々、最も近しい友人が務めている」

リキョウが心底嫌がって拒否しない限り、近侍の席はリキョウのものだ。絶対に譲らないユーハンの真意がわからず、瞳を揺らすと、それに気づいたユーハンが、大事なことを思い出したといわんばかりの大袈裟(おおげさ)な顔をする。

「酔ったと言えば寝かせてくれて、欲しいときにうまい団子を食べさせてくれる、気の利く人間でないと俺の近侍は務まらない。城の中でまで口うるさいのに追いかけられるのはごめんだ」

要は、しきたりや威厳を重んじるシュインが近侍では息苦しくて、奔放な振る舞いを許すリキョウがいいということだ。ユーハンの性格から考えると確かにそうなのだろうけれど、これは譲らない理由の根底だとは思えない。

なぜ打ち明けてくれないのか。きっとリキョウの想像が及ばないような理由なのだろう。無理に聞きだしたくはないが、ともかく、拒絶しないかぎり、ユーハンが諦めないのは痛いほどわかった。

「王様は、僕なんかを近侍にしようとしていることを知っているのか」

「父上は俺が正しい決断をすると信じておられる」

賢明な判断とは、貴族を近侍にすることではないのだろうか。それがわからないユーハンでもないだろうから、父王を説得するつもりということか。もし王までも庶民を近侍にしてよいと言うなら、リキョウが近侍になるのは決まったようなものだ。

「シュインは、近侍になるためにずっと努力してきたと聞いているよ」

最後にもう一度だけ、ユーハンの近侍になるために生きてきた、ふさわしい身分と教養のある友人の名を出した。ユーハンに恋慕を抱いている者にとって最も酷な立場に、自ら志願するシュインの覚悟と忠誠が報われればよいのにと、人として願う部分が確かにある。

ユーハンを見上げると、整った容貌は朗らかに笑んでいた。

「あいつは廷臣に向いている。俺の世話をするより、執政を任せるほうがシキの国のためになる」

その答えは、説得力に満ちていた。確かに、シュインは廷臣として執政に携わるほうが向いているだろうし、ユーハンへの恋慕がなければ、父と同じ廷臣になろうとしていた気がする。

他の誰でもないユーハンが望んでくれているのだ。もし王が庶民上がりの近侍を許可するなら、腹を括って近侍になる。拒絶できない以上、言い訳も出尽くした。これ以上半端な態度を続けるのは無責任だ。

「わかったよ」

微笑んで見上げると、ユーハンはぱっと笑顔になった。

「近侍になってくれるのだな」

あまりにも嬉しそうで、眩しくて、リキョウは目を逸らしてしまう。

「未だに、僕なんかにユーハンと、未来の王妃様や御子のお手伝いができるか不安だけれど……」

なると決まれば、文官の試験のために勉強しているように、近侍に必要な知識を身につけるつもりだ。しかし、それでも足りないだろうし、好きなひとが家族を築く姿にどれほど耐えられるのか、自信がない。

好きなひとの幸せのために、自分の気持ちを殺す覚悟が必要だ。明日決まったとしてもあさってからいきなり近侍になるわけではないだろうから、正式に役目を与えられるまでにその覚悟を固めなければ。

そんな不安を知る由もない友の、期待に胸を膨らませた表情を直視できずにいると、ユーハンがなぜか一瞬唇を噛んだ気配がした。しかし、

「俺だけで手いっぱいだろう。それはリキョウのせいではなく、俺が原因だから気にするな」

と言って笑う姿はいつもの明朗な友達だった。

「リキョウ、帰ったのかい。あら、王子もいらしていたのですか」

縁側から下りてきた母が、ユーハンに気づいて笑顔で挨拶をする。ユーハンも会釈をして、急な外泊について詫びる。

「昨夜は酔ってしまい、リキョウに迷惑をかけた。夜のうちに帰らずに心配していただろう」

「いいえ、飯屋の方が知らせてくれたので、心配はしていませんでしたよ。二日酔いはあ

りませんか」

「このとおり、呑んだことも忘れるほど快調だ」

リキョウの本音を引き出すために、酔ったふりをしていただけで、今しがた大盛りの粥を平らげた王子はすこぶる元気だ。

「団子の礼がまだだった。やはりできたてはうまい。久しぶりに食べられてよかった」

屈託なく笑った王子に、母は嬉しそうに頭を下げていた。

「では、俺も城へ帰るとしよう。リキョウ、吉報を待っていてくれ」

そう言って、ユーハンは堂々とした足取りで門のほうへと去っていった。

「吉報って、何の話だい？」

まさか、結婚相手の報告があるのかと、期待のこもった視線を向ける母に、リキョウは苦笑するほかなかった。

「近侍にならないかって」

「王子の近侍に？　リキョウが？」

「しー。母さん、誰にも言わないでおくれ。ユーハンは気楽な近侍が欲しいみたいだけれど、王様が認めるわけがないよ」

夫が門内勤めになり、今度は息子が近侍になると思って腰を抜かしそうな母に、落ち着くよう言うと、母は息を吐いてから苦笑した。

「……ああ、そうだね。王子は昔から突飛なところがあるようだから」

やはり、誰が考えても門外出身の近侍なんて突拍子もないことなのだ。母は冗談を聞いたようにくすくすと笑って、リキョウを家の中へと促す。

「それより、明日から留守にするけれど、大丈夫かい」

「平気だよ。久しぶりに夫婦水入らずで出かけるんだ、のんびりしてくるといいよ」

父と母は明日、一日かけて父の親戚に会いにいく。父の姪、リキョウの従姉が結婚するのを祝いにいくのだ。そこで数日滞在し、結婚式の手伝いをしつつ、久しぶりの旅を楽しむ予定だ。

「お父さんと二人旅なんて、何を話そうかねぇ」

部屋に入り、身支度を整えるリキョウに、母は縁側からそう言った。表情は見えなかったけれど、久しぶりの夫婦だけの時間を楽しみにしているのがわかって、くすぐったい気分になった。

その日も、いつもどおり教本を複写して、夜は家族揃って夕飯を食べた。そして朝になり、両親を見送ったリキョウは、念のため表通りから本屋に向かった。

「今日から親御さんは留守だったかな」

店主は、リキョウも親戚に会いにいけばいいと言ってくれていた。しかし、留守が気になったのと、結婚式に行けば自分の結婚についても話題になる予感に気後れして、店主のはからいを断ったのだ。

「はい」

「困ったことがあったら、遠慮せずに言ってくれ」

「ありがとうございます」

炊事、洗濯を気にしてくれているのだろう、店主の気遣いに、笑顔で応えた。家事は一通りできるので不安はなく、食事も、毎食屋台に行けるくらいの給金をもらっているので、気持ちだけを受け取っておくことになりそうだ。

この日も教本を仕上げ、表通りの屋台に寄ってから帰宅したリキョウは、日が落ちる前に入浴を済ませた。留守を預かるのはこれが初めてで、夜闇に一人で風呂を焚いて片づける自信がなかったのだ。

髪を乾かし終えると、あまりにもしんとしていて少々不気味なくらいだった。庶民らしい狭い家だ。普段は自分の部屋にいても両親の気配を常に感じるから、一人きりの静寂は落ち着かない。

近所から生活音がするあいだに寝てしまおう。早々に布団を敷こうとしたが、店主に借りた本をまだ読んでいなかったことに気づいた。

　机の横に置いてあったその本を手に取り、開くと、いきなり挿絵があって華やかだった。隣国から入ってきたこの本は旅物語で、木版印刷されている。印刷されるということは、それほどの人気作ということだ。期待に胸を膨らませるも、急に頬が火照り始め、本を閉じた。

　触ってみると、頬が異常に熱くなっていて、その熱が首元から脇へと広がっていく。風邪をひいてしまったかもしれない。よりによって、これから数日一人きりというときに体調を崩してしまうとは。

　読書に興じている場合ではなさそうだ。心細さも忘れ、布団を敷こうとしたとき、みぞおちのあたりが熱くなった。沸騰する湯を飲み込んだような熱は、体温を急激に上げる。

　布団を厚くしたばかりの、秋らしい肌寒い夜だったのに、体温のせいかまるで真夏の夜のように暑い。どうしても暑くて、中着だけになったが、それでも身体が火照って止まらない。それは内腿が汗で湿ってしまうほどだ。もしや高熱が出てしまうのだろうか。

　不安に駆られたとき、下腹がもどかしく感じた。宥めるように下腹を撫でようとすれば、己の中心が熱を帯びていることに気づいた。

（どうして今、こんなことに……）

熱くなる理由はないはずなのに、下着の中で己のそれが徐々に充血していく。そこでやっと、火照りの原因は、身体に溜(た)まった若さのせいだと気づいた。それにしても全身が熱くなるほどとは、異常ではないか。さらなる不安に見舞われたとき、なぜか脚のつけ根のあいだが濡(ぬ)れた。

「どうしてっ……」

身体の奥が疼(うず)く。初めて覚えた違和感は、どんどん膨れてリキョウを苛(さいな)む。

「は、……ぁっ」

床に突っ伏したリキョウは、中着の前を開いて、下着を外し、おそるおそる充血した己を手で包んだ。そして生まれて初めて、そこを慰めようとした。触ることで、そこが欲求の解放を望んでいたのがわかったけれど、身体の奥の強い疼きは、どうすれば納得させられるのかわからない。

前に触れながら、この慰めで奥底の熱も発散されることを祈った。けれど、奥の疼きはひどくなっていく。前に集中しようとしても、後孔がひくついてそこから蜜(みつ)が零れた。

「あっ、やだ……」

双丘のあいだが蜜で濡れ、腰が震えた。その瞬間、疼きが弾けて全身に広がった。

「ユーハン」

無意識に口から零れたのは、門内の城にいるであろう、王子の名だった。じきに花嫁を選び、迎える、未来の王を、自慰の最中に思い浮かべてしまい、胸が苦しくなる。

今まで、何度か若さゆえの熱が燻ったことはあった。そのたびにユーハンを思い浮かべそうになっては自己嫌悪に陥った。誰かの夫になる友人を、性的な想像の対象にしたくなかったからだ。はしたない己を厳しく律してきて、最近は欲求を覚えることもなくなっていたのに、どうして突然、これほどの熱が湧いたのか。

混乱に反して、身体は淫らな欲求を訴える。リキョウにできることは、下腹の内から湧く熱に耐えながら、ぎこちなく己を慰めることだけ。

中心を包んでいる掌に、先端から溢れだした体液がついた。透明な先走りの慣れない感触に戸惑って手を離したとき、古びた門がきいっと音を立て、人が入ってくる足音が聞こえた。

「リキョウ、良い知らせだ。部屋にいるのか？」

弾んだ声はユーハンのものだった。まっすぐ縁側まで近づいてきた足音は、興奮気味な王子の心持ちを知らせる。

部屋と縁側を仕切る質素な扉の向こうで、ユーハンが靴を脱ぐ音が聞こえた。リキョウは慌てて起き上がって、中着の前を整える。

た。

「外で待っていて」

言い終わるよりも先に、二歩ぶんも幅のない縁側からすぐの扉が豪快に開いた。取り乱したリキョウは、反射的に身を屈めて、整えきれていない中着と自慰の痕跡（こんせき）を隠そうとした。

「聞いてくれ。父上からリキョウを近侍に置く許可を得たぞ」

満面の笑みでそう言ったユーハンは、不自然に屈んで固まっているリキョウを見て、きょとんとした。

「どうした。具合が悪いのか」

大喜びで城からここまで来たはずなのに、ユーハンは一瞬で不安げな表情になって、リキョウのそばへと駆け寄ってくる。

近づいてはいけない。直感的に察し、咄嗟に帰ってもらう言葉を探すも、口から出たのは興奮してやってきたユーハンを追い返すには到底足らないことだった。

「風邪をひいてしまったから、また今度――」

「ただの風邪ではないだろう」

訝しむユーハンがリキョウの顎を摑み、顔色を覗こうとしたそのときだった。

凜々しい目元が急激に熱を帯びた。赤く光りそうなほど熱を孕んだ双眸から、なぜか視線を外せなくなった。そしてユーハンも、リキョウの瞳を凝視する。

「な、なんだこれは。急に、胸が……」

言い終えるが早いか、ユーハンは肩で息をし始めた。突然の変化に困惑し、胸ぐらを摑んで頭を振って、異常な感覚を払おうとしているけれど、呼吸は荒くなる一方だ。

「リキョウ、お前……」

もう一度瞳の中心を凝視された瞬間、身体の奥に火がついた。疼いていた下腹の奥が、燃えるように熱くなっている。

この熱の行くべき先はユーハンが知っている。なぜかそう思った。本能的な何かが感性に直接語りかけて、全感覚がユーハンを欲している。

「ユーハン」

名を呼ぶと、全身が火照った。直後、自分を見つめる瞳の奥に、炎が見えた。ユーハンも、感性のすべてでリキョウを求めている。互いの唇からは、熱い息だけで言葉は零れてこないのに、求め合っていることだけは、はっきりとわかった。

「リキョウ……」

焦点が合わなくなるまで双眸を見つめながら顔を寄せたユーハンは、唇をリキョウのそれに近づけた。リキョウも、ユーハンの引き締まった唇が己のそれに触れるのを、呼吸を抑えて待つ。

吐息がぶつかる距離で一拍、くちづけの予感を嚙みしめるように留まって、どちらからともなく唇を重ねた。好きなひとの唇は柔らかくて熱くて、もっと深く知りたいと、本能が激しく求める。

唇を離し、息継ぎをするとすぐ、ユーハンのほうから唇を重ねてきた。嚙みつくようなくちづけは、唇が離れると息もできないといわんばかりの勢いで、その荒々しさにとても安堵した。

唇を重ねたまま押し倒され、大きな手に胸元をまさぐられた。中着はいとも簡単にはだけ、平らな胸が露わになる。色白の滑らかな肌と、華奢な身体つきを初めてひとに見せた。いつもならその頼りなさを恥じていたはずなのに、美食を前に抑えがきかなくなったかのようにユーハンがうっとりと首筋に吸いつき、吸い上げるから、悦(よろこ)びが胸に満ちてもっと触れてほしくなった。

「ユーハン」

名を呼ぶと、ユーハンはより大胆にリキョウの肌に吸いついた。首筋を何度も、赤い痕(あと)が残るまで吸い上げ、鎖骨、胸へと唇で軌跡を刻んでいく。

食べられてしまいそうなくらい、ユーハンが自分の身体に夢中になっている。

胸の突起にかぶりつかれ、その刺激に背を反らせて耐えた。甘く嚙まれたり、舌で転がされたり。幼子が甘えるような愛らしさがほんのすこしと、欲情した雄の荒々しさ、そして、ずっと欲しかった宝を手に入れたような興奮を感じる。もう片方の突起も指先で愛撫されれば、ぞくぞくと背筋が快感に震えた。

「あぁ、…はっ…」

鼻にかかった甘い声を、抑えられない。片恋を抱いても、性欲の対象にはしないと決めていた友達に、胸を愛撫されて快感を覚え、悦びを感じている。それを恥じる気持ちも、自責の念も起こらない。ユーハンを求め、求められていることを、不思議なくらい自然に受け入れている自分がいる。

ちゅっと音を立てて、ユーハンが胸の突起から唇を離した。小さな突起は赤みがさして、見たことがないくらい尖っている。そこを今度は指先が愛撫して、整った唇は反対の突起を愛で始める。

「ひぁっ、…あっ」

痛む寸前まで強く吸い上げられて、胸から下へと甘い痺れが走った。痺れは下腹の奥を刺激して、呼応するように下肢のあいだが濡れる。

苦しいくらい疼いている奥に、ユーハンの熱情が欲しい。直感が叫んだ瞬間、リキョウはユーハンの首元に両手を回していた。

「ユーハン、奥に欲しい」

切羽詰まった声で強請(ねだ)れば、ユーハンは弾かれたように顔を上げた。そして、リキョウの物欲しげな表情を見ると、肩で息をしながら勢いよく身体を起こす。乱暴に帯を解いて、衣服を脱ぎ捨てて、即座に下着に手をかける。

火がつきそうなくらい熱い視線でリキョウを見下ろすユーハンは、興奮しきっていた。想像よりももっと逞(たくま)しい身体はとても筋肉質で力強い。そして象徴は、体格と同じく雄々しく、リキョウを求めてそそり立っていた。

「……あっ」

この昂(たかぶ)りに責められたい。初めての衝動に腰が揺れた。後孔がひくついて、蜜が溢れる。はしたない姿を晒(さら)している自覚はあるのに、想いびとが全身で自分を熱望しているのが嬉しくて、自然と脚を広げていた。

「ユーハン、きて」

身体が、感性が求めるとおり、両手を伸ばせば、ユーハンは我慢の限界とばかりにリキョウに覆い被さり、やや乱暴に唇を奪った。リキョウも首元に腕を回し、必死にくちづけに応える。唇を開き、舌を伸ばして口内にユーハンの舌先を誘えば、口内を激しく愛撫されて、それだけで、充血した中心が弾けてしまった。

「んぅっ、あぁ……っ」

好きなひとの腕の中で迎えた吐精は甘美で、腰が溶けそうだ。大きく背を反らせ、初めての快楽に浸っていると、身体の奥がもっと欲しいと声を上げる。

脚を大きく開き、ユーハンの双眸を見つめると、腰を強く摑まれ、昂りの先端が後孔にあてがわれた。そして、ユーハンは一息に腰を押し出し、リキョウの奥を破瓜した。

「ああ……、リキョウ」

逞しい熱量で、躊躇いなく最奥まで貫いたユーハンは、うっとりと囁いた。恍惚とした表情は、今までに感じたことのない愉悦をリキョウに教える。もっとこの表情を見たい。そう願うだけで、何をすべきか知っていたかのように身体が反応して、結合部が欲望を締めつける。

先端が抜ける寸前まで腰を退いたユーハンは、リキョウの目を見つめ、欲望でもう一度中を貫いた。愛液で濡れた内壁はより奥へと昂りを誘い、ユーハンはリキョウの身体が欲するまま、奥を深くまで責める。

「はぁっ…、あぁ、…んっ」

律動が刻まれ、快感の波が全身に広がる。淫らな交わりだと理解しているのに、羞恥心はなく、ただただユーハンの体温を感じたい。後ろを責められることなど、想像もしたことがなかったのに、最奥を突かれるとこの上なく感じて、安心する。

「深いっ、ああ……っ」

肌がぶつかる音が響くくらい、律動が激しくなった。腰が動くたび、ユーハンの胸や腹の筋肉の隆起が作り出す影の濃淡が変わる。自分を貫く男の放つ雄の色気はむせてしまいそうなほどで、それにも感じてしまい、中心がまた張り詰めて、後ろも収縮する。

膝立ちになり、夢中で抽挿を繰り返すユーハンは、呼吸を荒らげ、リキョウとの快楽に没頭している。そして、リキョウの細い腰を指の痕がつくほどきつく摑むと、唸るように言った。

「もう我慢できない、リキョウ、このまま達(い)くぞ」

絶頂が迫っていることを知らされ、とても自然に、ユーハンの劣情を受け止めたいと思った。初めての、しかも突然始まった行為なのに、快感のために何をどうすればいいのかわかる。リキョウは最奥のさらに奥を突いてもらえるように、自らも腰を振った。

「ああっ、…いいっ…、ひぁっ、…あっ」

「リキョウ……、はっ、達く」

これ以上ないほど奥を突き上げたユーハンの身体が強張(こわば)り、その瞬間、最奥に劣情が放

たれた。熱い奔流で下腹部が満たされる感覚はひどく官能的で、リキョウを快楽の極みへ追いやる。

「あぁっ……！」

食いちぎってしまいそうなくらいきつくユーハンの雄を締めつけて、リキョウも絶頂を迎えた。中心は白い蜜を散らし、結合部は余韻に震えている。脚に力が入らなくて、自重で腰が落ちた。ずるりと欲望が抜けてしまうと、後孔は休むことを知らないかのように、そこを埋める熱を求め始める。絶頂の解放感で頭の中は真っ白なのに、身体の奥は貪欲（どんよく）にユーハンを熱望している。

「どうしよう、ユーハン――」

情欲が収まらない。言いかけたリキョウを、ユーハンは半ば強引に裏返し、背後から腰を摑んだ。そして無防備な蕾（つぼみ）に先端を突き立てる。

「あぁ…、あ、…ひぅっ」

差し入れられる欲望は、さっきよりも質量を増していた。内壁が極限まで開かれ、最も感じる箇所を先端に抉（えぐ）られて、あまりの刺激に顔を床に埋めるようにして耐えた。

「は…、あぁっ…んっ」

リキョウの両手を押さえたユーハンは、容赦のない律動を刻む。まるで熱に浮かされた獣だ。理性を失くしたかのような抽挿は激しくて、苦しいくらいなのに、リキョウの身体は悦びに跳ね、あられもない喘ぎ声がひっきりなしに上がる。

「達くぅっ、あぁっ」

最奥を責め続けられて、下腹の奥で熱が弾けた。快楽の極みが刺激となって、背筋を駆け昇り頭に響き渡る。吐精しそうなのに、なぜか蜜は散らず、中心は張り詰めたまま、中だけで絶頂を迎えていた。

思考は溶けて、感覚だけが残っている。その感覚が、さらなる絶頂を欲していることに、すこしの不安が生まれた。

「ユーハン、……ユーハン」

助けを求めるように名を呼べば、ユーハンはリキョウの胸に腕を回し、繋がったまま床に腰を下ろした。膝の上に乗る恰好になったリキョウを、ユーハンは後ろから抱く。

「気持ちが良いか、リキョウ」

リキョウの長い髪を束ねて、胸のほうへと流したユーハンは、露わになった耳元に唇を寄せた。そして、さっきまでの激しさを忘れてしまいそうなくらい、穏やかに、情熱的にリキョウを抱きしめる。

「うん」

振り返ってくちづけを強請ると、望みどおり唇を唇に塞がれた。そのまま、膝下に腕が回されて、身体を上下に揺らされる。

「あ…っ、あ……はぁっ」

緩やかな律動は心地良くて、新たな快楽をリキョウに教える。張り詰めた欲望に、慈しむよう中を愛撫されて、幸福感で胸がいっぱいになる。ユーハンの腕の中で、快感を刻み込まれることが、嬉しくて仕方がない。

「気持ち…良い」

思わず溢したリキョウの首筋に、唇が寄せられる。いくつもくちづけの痕跡を残したユーハンは、大きくリキョウを揺さぶった。

「…あぁっ、は…んっ」

絶頂の予感が迫り、快感に身を任せた。逞しいものに突き上げられる快楽に身も心も溶けてしまいそうだ。

「あぁっ、んっ」

揺さぶられるまま、感じるままに抱かれ、情欲が弾けそうになった寸前、首元に痛みが走った。

一瞬のことで、何が起こったのかわからず、振り向こうとすると、ユーハンがそこを噛んでいた。

　くちづけと呼ぶには激しすぎる。しかし、その痛みすら快感に変わり、感極まったリキョウはまた絶頂へと駆け上る。

「ユーハンっ、…あんっ」

　白い蜜を放ち、最奥を収縮させて達したリキョウの身体を、ユーハンは強く引き寄せ、これ以上ないほど深く欲望を突き入れる。

「くっ、…あぁ、リキョウ」

　ユーハンも最奥で果て、結合部から溢れるほど劣情を注いだ。そして、傷を癒すように首元の噛み痕にくちづけると、リキョウをもう一度組み敷いて、脚を腰で割り、秘所を貫いた。

「ああっ！」

「お前が欲しくてたまらない」

　腹の底から声を絞り出すように言われ、その熱量に身震いした。もう体力も限界のはずなのに、求められると身体が呼応してユーハンを欲してしまう。

　責められることに歓喜して、感じて、喘いだ。抽挿のたびに淫靡な音がするほど、何度も情熱を注がれて、二人で獣のように交わった。なぜそうなったのか、どうして始まったのかはわからないままだったけれど、ただただ互いを感じていた。

　何度絶頂を見たか、ついにユーハンの体力が尽きて、二人並んで四肢を投げ出した。頭の中は空っぽで、感覚も鈍って、起き上がることはおろか、話す力もない。力を振り絞り、脱ぎ散らかしていた中着を手繰り寄せたリキョウは、なんとか秘所だけは隠して、そのまま力尽きた。

　ユーハンはしばらく天井の一点をぼんやりと見ていたが、呼吸が整うと、はっとして我に返り、起き上がった。そして、一緒に起き上がろうとしてうまくいかなかったリキョウを見て、頭を強く押さえる。

「なんということを……」

　愕然（がくぜん）と溢したユーハンは、髪が乱れて、座るのもままならないリキョウの姿に取り乱している。

「こんなことをするつもりはなかった」

　理性を忘れ、激しく交わったことに、ユーハンは混乱している。突然始まった行為には、同意も何もなかった。なぜ正気を失って、同性と行為に及んだのかわからず、困惑を極めているユーハンは、起き上がろうとするリキョウの脚のあいだに広がった白濁を見て、衝撃に息を荒らげた。

「すまない、リキョウ」

完全に取り乱したユーハンは、リキョウの肩に自分の中着をかけると、勢いよく立ち上がり、上着だけを羽織って帯を締めた。下着も忘れるくらい慌てて、なんとか外に出られる恰好になると、声を震わせてもう一度詫びる。

「すまない、リキョウ……。すまない」

見たことがないほど弱々しく肩を落とし、ユーハンは部屋を出た。縁側から下りて靴を履く音がした直後、ずっと待っていた護衛に城へ帰る指示を出す声が聞こえた。

門が開いて閉じる音がして、一人きりになったのを悟ったリキョウは、あまりにも突然だった今夜のできごとを振り返ろうとして失敗した。

どうして、ユーハンと身体を繋げることになったのか。本を読むはずが、体調不良の予感がして、その次には片想いの相手を想像して自慰をしてしまい、その最中に意中のひとが現れて、行為に及んだ。

男の自分にユーハンが欲情したのは、無防備な恰好を晒したからだろうか。それとも、あまりにも物欲しそうな顔をしていたから、ユーハンが抱えていた若者らしい欲求に飛び火させてしまったのか。

一つだけわかることは、罪悪感を抱かせてしまったことだ。そしてもう二度と、友達には戻れないということ。

ずっと隠してきたのに、こんなにも呆気なく関係が変わってしまうなんて。

リキョウにとっては、どれほど突然でもユーハンとの情交は特別だった。今となっては、最中に聞いた甘い言葉が真実だったのかはわからないけれど、奥深くで繋がった感覚に、天にも昇る気持ちだった。

しかし、快楽は友情のあいだに起こるべきものではない。これ以上何を考えても、ユーハンとはもう顔を合わせられない。身体を引きずり、布団を敷くと、その上に四肢を投げ出した。上布団を被っても肌寒くて、中着の前をきつく閉じると、それが好きなひとのもので、彼の匂(にお)いがするのに気づいた。

「ユーハン……」

体力を使いきっていなければ、眠れない夜を過ごさねばならなかっただろう。片恋の相手の匂いに包まれながら、次に会うときはどんな顔をすればいいのか、会えるのかもわからない悲しさに耐えるのは辛かった。

翌朝目覚めると、体液に濡れた中着や床が一番に飛び込んで、絶望的な気分になった。片づけようとして布団を出れば、無理をした足腰が悲鳴を上げて、より悲観的な心持ちになる。そんな朝を、水浴びで締めくくり、なんとか身支度を整えたとき、家のそばで馬の足音が聞こえた。表の路地は細く、荷馬車は通らないから、馬が来るとすれば役人だ。

まさか、王子を誘惑した罪に問われるのだろうか。続いて数頭の馬が門の前で止まる音がして、心臓が激しく打つ。

門が開き、足音が一人ぶん、縁側へと近づいてくる。無意識に深衣の前を握りしめたとき、聞き慣れた声がした。

「リキョウ、いるか」

「ユーハン？」

朝から会いにくるのは初めてだ。意外さと、会いにきてくれた安堵が混じって、不必要に声が動揺してしまった。

リキョウが居るのを確かめたユーハンは、縁側に上がると、扉を開けずに話しかけてくる。

「体調は、どうだ」

体調もだが、心境を訊ねている。いつもの覇気がない声には、昨夜と同じ罪悪感が滲んでいた。

「いつもとそう変わらないよ。心配してくれてありがとう」

立てば膝が笑うし、下腹も、情交の痕跡を色濃く感じる。けれど、罪悪感を抱かせたくなくて、努めて元気に言った。しかし、散々喘いだせいで声がすこし掠れている。空元気を逆に悟られてしまったのか、ユーハンは数拍黙った。

「すこし、話したいのだが……。今朝はもう、熱はないか」

「うん。調子はもう戻ったよ」

高熱が出そうな体調だったのに、嘘のように収まって、足腰と声以外は元どおりだ。本当のことなので迷わずに答えると、ユーハンは小さく扉を開き、隙間から黒い革の防具のような物を差し込み、すぐに扉を閉めた。

「首に巻く防具だ。紐を前で結ぶようにできている。窮屈かもしれないが、しばらくはその防具を着けていてほしい」

扉の前まで寄っていき、見慣れない防具を手に取った。防具の左右の端には革の紐がついていて、とても頑丈そうだ。

それにしてもなぜ急に、防具を渡されたのだろう。鏡の前に座り、防具を首にあてがおうとすると、その答えがわかった気がした。

首元にいくつも、赤い痕が残っているからだ。中着の襟とおろした髪だけでは隠れない、喉元や耳元の痕は、昨夜のことを否応なく思い出させる。淫猥な行為の証しが色濃く残っていることに気づき、羞恥心が湧いてくるのに耐えながら、言われたとおり首に防具を巻いた。

「結んだよ」

「顔を見て話したいのだが、よいか」

「うん」

　本当は、どんな顔をすればいいのかわからないし、昨夜のことをどう切り出すべきか、それとも一生話さないほうがいいのかもわからない。躊躇いがないと言えば嘘になるけれど、関係修復の可能性があるから、きちんと話したいと思った。

「入るぞ」

　今までなら、挨拶と同時に扉を開けていたのに、昨夜のことがあるから、ユーハンは慎重に扉を開け、リキョウの位置を先に確認した。

　そして目が合うと、部屋に入ることもなくその場で正座し、深く頭を下げた。額が床につくほど深く頭を下げたユーハンは、そのままの体勢で詫びる。

「昨夜は本当にすまなかった」

「ユーハン……」

　王子に土下座をされて、慌てたリキョウは胸の前で手を振り、なんとか頭を上げてもらおうとした。しかしユーハンは、床から額を離すことなく続ける。

「同意もなく、あのような蛮行に至ったことを猛省している」

ユーハンにとって、昨夜の情交は蛮行だったのか。頰を叩かれたような痛みが走り、胸を掻きむしりたい衝動に駆られる。

確かに、同意のない行為だった。けれど、リキョウにとっては、好きなひとと一つになった特別な時間だった。何と答えてよいかわからず俯くと、異変に気づいたのかユーハンがすこし顔を上げる。

「昨夜は、リキョウを近侍にする許可を得て、浮かれていた。本来ならリキョウの体調を訊ねてから部屋に入るべきだったのに、勝手を通してしまった。すべての責任は俺にある」

リキョウの体調不良を心配して部屋に入ってきたのに、その直後に始まった行為だったからか、ユーハンはその点をひどく気にしているようだ。リキョウが直前まで湧き上がる欲求を慰めようとしていたことなど知る由もなく、ただひたすらに自責するユーハンに、罪悪感が募る。昨夜の原因は、物欲しそうな顔をしていた自分にあってもユーハンにはないはずなのに。それでもユーハンは頭を下げ続ける。

「あんな無体を働くなど、決して許されることではない。そのうえ、逃げるように帰ってしまった。男として恥じるべき愚行だ」

挿入する側だったから、より責任を感じているようだ。蛮行と言ったのも、行為を無理に強いたと思ってのこと。しかし、ユーハンは何一つ強制などしなかった。昨夜の情交に、リキョウは幸福を感じていた。

「無体だなんて思っていないよ」

「そうなのか」

勢いよく顔を上げたユーハンは、一縷の望みを見出したかのように、目を輝かせている。責任を感じなくなったとか、そんな軽薄な理由ではなく、ただ純粋に強制的な行為でなかったことに安堵していた。

「僕は、ユーハンが嫌な思いをしたのではないかと不安だった」

リキョウは、ユーハンのほうこそ傷ついていると思っていた。不安を吐露すれば、ユーハンは大きく首を横に振る。

「嫌なわけがないだろう。俺はずっと、リキョウと結ばれたいと願ってきた」

迷いなく放たれた言葉に、息が詰まった。ユーハンは今、結ばれたいと言ったか。信じられなくて呆然とするリキョウに、ユーハンは切々と胸の内を話す。

「本当は、思慕を伝えてから、結ばれたかった」

恋情を打ち明けて、情熱を確かめ合ってから結ばれたかった。まっすぐ見つめられ、呼吸を完全に忘れてしまった。まさかユーハンも、想いを寄せてくれていたなんて。

「リキョウと結ばれる日を何度も想像してきた。だがそれは、欲望に負けて犯してしまうような行為ではなく、ふさわしい場所で、リキョウが望むとおりに……」

想いの丈を知らせるため、正直に話すユーハンは、リキョウとの色事を想像していたことまで話してしまい、恥ずかしそうに頬を赤くして俯いた。その仕草が、何よりもユーハンの恋情を物語っている気がして、嬉しさに喉が震えた。

「僕も、ユーハンと結ばれたかった」

絶対に叶わないと思っていた。王子と恋をするなんて、起こり得ないことだと思っていた。苦しいくらい、好きだった。

「本当か、リキョウ」

「うん」

笑顔で頷けば、ぱっと明るい表情が返ってくる。

「そばに寄ってもよいか」

「うん」

未だ縁側に正座したままだったユーハンは、心底嬉しそうにリキョウのそばへと駆け寄って、腰を下ろした。そしてリキョウの目を間近で見つめたが、すぐに照れた様子で目を逸らしてしまった。

「俺の片恋ではなかったのだな」

「僕も驚いているよ。ずっと、秘密にしなければならないと思っていた」

恋慕に気づいたと同時に、一生隠し通す覚悟を決めた。それぐらい、無謀な感情だと思っていた。

本当に、想いが通じたのだ。ユーハンの自分への恋情を噛みしめていると、手をそっと握られた。その温かさは、片恋が恋愛になった確信をくれて、胸の中が幸福で満ちていく。

凛々しい目元に視線を向けると、熱くて甘い眼差しが向けられていた。

「くちづけをしてもよいか」

今までになく慎重なユーハンに、思わず笑ってしまった。笑顔で頷くと、整った唇がリキョウのそれに寄せられる。

唇が重なった瞬間、甘美な刺激が全身に広がった。何よりも大切で、誰よりも特別なひとだと、本能が知らせている。

不思議な感覚なのに、なぜかすとんと腑に落ちる。一生涯このひとを愛し愛されるのだと、とても自然に確信した。

「今度からは訊いてくれなくていいよ」

唇が離れ、くちづけに遠慮は不要だと囁けば、ユーハンは「そうか」と嬉しそうに言って、もう一度リキョウの唇を彼のそれで塞いだ。

くちづけを解くと、鼻先が触れる距離で笑い合った。幸せでたまらなくて、笑顔が止まらない。

ユーハンも、とても幸せそうで、蕩けそうな視線で見つめてくる。しばらく言葉なしに、蜜のように甘い空気に包まれていたが、大事なことを思い出したと、ユーハンが座り直した。

「昨夜のことを、話さねばならない」

真剣な表情で言われ、リキョウも浮かれてだらしなくなっていた顔を引き締める。姿勢を正して目元を見ると、ユーハンは静かに口を開いた。

「リキョウへの気持ちを溜め込んでいたとはいえ、抗い難い衝動を感じた。言い訳するつもりでなく、本当に、我を忘れるような強い衝動に駆られたのだ。リキョウと結ばれたというのに、最中の記憶も曖昧なところが多い。行動の責任はすべて俺にあるが、どうしても腑に落ちなくて、夜通し考えた」

奔放だったり、多少突飛だったりしても、ユーハンは実直な男だ。リキョウとのことを、必死に考えていたのが、真剣な横顔から痛いくらい伝わってくる。

確かに、リキョウも不思議に感じていた。きっかけが何だったのか、まったく説明できないのだから。

瞳を揺らすリキョウを見つめ、ユーハンは核心を口にする。

「リキョウは、色性ではないか」

「色性……？」

慣れない響きは、すぐには頭の中で形を成さなかった。困惑するリキョウに、ユーハンは推察に至ったわけを教えてくれる。

「リキョウが色性なら、俺はおそらく阿性だ。色性は季節ごとに発情して、阿性は色性の発情に欲情する。明け方にリキョウが色性である可能性に気づき、急いで調べただけだから、俺もまだよくは理解できていないが、俺たちに特異性があるなら、昨夜のことに説明がつくと思うのだ」

言われてみれば、急激な欲情は発情と呼べば納得がいく。男の身体のはずなのに、ユーハンを中に受け入れたいと感じたことも、そんなリキョウを前に、ユーハンが我を忘れて欲情していたことも合点がいく。

「僕は、色性だったのか」

つい最近、本屋で話題になったときも、伝説と変わらないなんて思っていたのに。まさか自分が色性だったとは。

「心配するな。色性特有の体質の違いはあっても、健康を案じる必要はない」

謎(なぞ)が多い特殊性だから、動揺を禁じ得なかった。それを察して、ユーハンは繋いでいた手を握り直した。しばらく何も言わず、リキョウが落ち着くのを待ったユーハンは、リキョウが顔を上げるのを見計らって問いかける。

「色性は、阿性と子を成せることは知っているか」

「うん、それだけは知っていたよ」

「そうか」

女性にしか起こらないはずの妊娠が可能という驚異的な特徴だけは、色性の存在と一緒に知るところだ。やっと共通認識が見つかってほっとしたのか、ユーハンは何度か小さく頷いた。

数拍口を閉じていたユーハンだが、すっと背筋を伸ばすと、リキョウの目を見つめ直し、手を強く握った。

「俺と、結婚してくれ」

「へっ」

「どうしても近侍にと言い続けたのは、リキョウにそばにいてほしかったからだ。跡継ぎが必要だから、別の誰かとの結婚は免れないとも覚悟していた。だが、色性と阿性として子を成せるなら、結婚だって可能だ」

目を輝かせ、生涯の伴侶にと求められて、嬉しくないわけがなかった。けれど、喜びよりも不安ばかりが頭の中を埋めていく。

「いくら色性だからって、庶民の男と王子が結婚だなんて――」

「シキはもとより一つの大きな家族だ。身分なんぞに阻ませはしない」

言いきったユーハンは、身分も出自も関係なく、人を愛し尊ぶのだと言いきった。リキョウだけではない。シキの皆を大切にする王子だ。だから好きになって、これからも、ずっとずっと好きだ。

「結婚してくれ、リキョウ」

頬に手を添え、もう一度問いかけたユーハンは、リキョウの気持ちをもうわかっている。身分や性に引け目がないなら、近侍も伴侶も、迷わずに首を縦に振っていたことを、誰よりも理解しているのはユーハンだ。

「うん」

好きなひとをまっすぐ見つめ、頷いた。歓喜と、すこしの気恥ずかしさに笑顔が弾けて、そんなリキョウの唇を、ユーハンはこれ以上ないほど愛おしそうに奪った。

「リキョウを伴侶に迎えるのか。夢のようだ」

額を合わせ、目を閉じたユーハンの溜め息混じりの囁きは、心からの言葉だった。とても自然に口をついたのがわかる、その一言が胸に沁みて、手足の先まで広がっていく。

「本当に、夢のようだ。まだ信じられない気分だよ」

鼻先をくっつけると、ちゅっと音を立ててくちづけされた。

「まずは近侍として、今日から城に入ってくれ。結婚について父上に話すのは、リキョウが色性だと証明する術を見つけてからになるだろう。心配するな、資料集めはもう指示を出してある」

急な展開についていけず、戸惑わずにはいられなかった。

「突然越すわけにはいかないよ。本屋の仕事もあるし、今は両親も町の外に出て留守だ」

「留守を預かる者を置くから心配ない。仕事も、しばらくは護衛をつけて通えばいい。大事なのはリキョウの身の安全だ。色性はどうしても、要らぬ好奇の的になりかねない」

本屋で聞いた、酒屋の色性と人買いの話を思い出した。どうしたって分不相応の自分が王子の伴侶になるのなら、せめて迷惑をかけないように、ユーハンの言うとおりにしよう。

「わかった。ありがとう」

笑って応えると、ユーハンはもう一度リキョウの唇を塞いで、意気揚々と立ち上がる。

「城に向かおう」

繋いだままの手を引いて、リキョウを立ち上がらせると、ユーハンはそのまま扉を開けて縁側に出た。護衛の一人が庭に立っていて、手を繋いだ二人を見るなり、複雑な表情になるのを隠していた。どれほど仲が良くても、男友達は手を繋がないものだから、護衛の反応は当然といえる。これから、何度もこんな場面があるだろう。けれど、護衛の様子に気づいたユーハンが、振り返ってにっこり笑い、不安を吹き飛ばしてくれるから、どんなことも乗り越えられると信じられた。

「馬を使うぞ。善は急げだ」

リキョウを鞍に乗せ、その後ろに跨ったユーハンは、上機嫌で城へと馬を走らせた。二人で馬に跨るのは初めてではないが、少々気恥ずかしいのは否めない。けれど、ユーハンがあまりにも幸せそうに手綱を握っているから、リキョウも嬉しくて、通りすがりの他人の視線など、まったく気にならなかった。

軽快に馬を走らせ、門内に入ったユーハンは、最短経路を通って城に入った。そして王子の内殿に着くと、リキョウの手を握って、中へと連れていく。

「父上が午前の執務を終えられたら、リキョウが近侍の職を受け入れたことを伝えにいこう。それまでにリキョウの着替えを揃えて、いつ近侍の顔見世をしてもいいように備えたい」

久しぶりに上がったユーハンの居室は、飾り棚が一つ増えて、煌(きら)びやかな弓矢や剣も、いくつか増えている。場違いな気分になりかけたが、これからは、ユーハンを支える身として慣れていかなければならないのだと、己に言い聞かせた。

「着替えは、どんなものを用意すればいいの」

「リキョウに似合う色がいい。まずは一着上着を仕立てて、父上に挨拶をしよう」

言うが早いか、ユーハンは侍従を呼んだ。すぐに採寸が始まり、織物がいくつも運ばれてくる。

「明るい色がいいだろう。リキョウの頬の色が映えるものがいい」

採寸する者、織物を次々とリキョウの肩にかけてユーハンに見せる者。侍従や召し使いが何人もかかりきりで、リキョウを近侍にふさわしい見目に仕上げようとしている。服といえば、母に縫ってもらうか、簡単な修繕なら自分の手でしていたから、あっという間に生地から襟飾りまでが決まり、採寸も済んだのが信じられなかった。

「この萌黄色(もえぎいろ)はよく似あう」

仕立て師が織物と飾りを持って下がる前に、もう一度選んだ織物をリキョウにあてがったユーハンは、とても満足そうに頷いた。

「目立ってしまわないかな」

「目立ってもよいではないか。階級によって着る色が決まっている貴族とはちがって、近侍は自由に選べるのだから、似合うものを着ればよい」

　ユーハン自身は服装に無頓着で、王子らしい身なりや、着るべき衣装の色が決まっているから仕方なく着飾っているといった様子だったのに、リキョウのことになると拘り(こだわり)を見せるのが面白い。いきなり高価な衣服を着るのは気後れするけれど、ユーハンが楽しげに選んでくれたから、これで良いのだと思えた。

　その後は、風呂に入らせてもらい、自慢の髪もきれいに洗って整えた。自慢といっても、誰に見せびらかすわけでもないが、書写会の日にユーハンが褒めてくれたから、心の中だけで自慢の髪だと思っている。

　召し使いが上半分の髪を結ってくれて、根元に小さな髪飾りもつけてくれた。ユーハンが、いつかリキョウが近侍の役目に首を縦に振ったときのために用意していたものだと言われ、笑顔が弾けたのは言うまでもない。

　身を清め、新品の中着を着せてもらったリキョウのところに、上着が届いた。さっき選んだばかりの織物が使われ、襟や袖には飾りまで縫いつけられている。仕立てを生業(なりわい)にしている職人の作業の速さに驚愕したリキョウは、上質な絹の質感に惚れ惚れしつつ、鏡の前に立った。

　ユーハンが選んでくれた萌黄色は、赤みが差した色白の頬を際立てている。控えめな大きさながら弾力のある唇も、いつもより血色が良く見えて、髪も、髷が整っているせいか艶が増している気がする。

　その中で、首元の革の防具だけが粗野な印象を放って浮いている。

　これがなければ、くちづけの痕が見えてしまう。うなじのあたりには、くちづけだけでなく甘く噛まれた痕もあるはずだ。鏡に映る防具をじっと見ていると、ユーハンがそっと防具の理由を教えてくれた。

「正しいときに首元にくちづけると、番になれるのだと一冊の本に書かれていた。その正しいときがいつなのか、まだ調べが足りていないから、それまでは防具をつけてもらうことになる」

「想いあうだけでは番にならないのか……」

「ああ。月が味方しているときに、しかるべきくちづけが必要なのだそうだ」

　今は付け焼刃の知識しかないと肩を落としたユーハンだったが、限られた時間で全力を尽くしてくれたのは、痛いほど伝わってくる。

「僕も調べるよ。読書は好きだしね」

ユーハンは責任を感じているが、これはリキョウの身体のことだ。自分から色性や番い方を学びたいと言えば、ユーハンもどこかほっとした様子だった。

「番とは、魂の繫がりのごとく強い絆であり、永遠の契りだ。どこに阿性がいるかもわからないから、俺と番になる日まで辛抱してくれ」

未来の伴侶と番になり、魂から結ばれるために、細心の注意を払うのは当然のことだ。くちづけの痕を隠すだけではないのがわかると、少々窮屈な防具も良い物に思えた。

王と話せる機会は午前中にやはりなく、ユーハンの部屋で、二人きりで昼食を摂った。一番地味な料理が飯屋で最も豪華な一品といった昼食に尻込みしそうになったけれど、ユーハンが、今までと変わらず気取らない食べ方だから、遠慮せずに満腹まで食べた。

そして昼食のあと、王に報告をする約束をとりつけたユーハンは、王の執政の場である本殿にリキョウを連れていった。

「父上。近侍のリキョウです」

玉座に着いた王に、堂々と近侍として紹介されて、リキョウは慌てて頭を深く下げる。

許可を与えたとはいえ、ズハンもユーハンが本気で庶民を近侍にすると思っていなかったのではないか。そんなリキョウの勘繰りは無用に終わる。

「ああ、いつぞやの書字の子か。時が経つのは早いな。ユーハンの近侍は骨が折れるだろうが、立派に務めてくれ」

ユーハンは何と言って説き伏せたのか。ズハンは息子の近侍が決まったことを純粋に喜んでいる。身分より人を選ぶのはズハンの教えだったのかもしれない。ともかく、受け入れられたようで安心した。

「その首はどうしたのだ」

衣装に似合わない防具を指差され、色性だと言うべきか迷った。確証はまだないから、黙っていたほうがいいのか。視線で助けを求めると、ユーハンが代わりに答えてくれる。

「寝違いだと言うので、これでましにならないか試しているのです」

「そうか。それは災難だったな。ところで、何をそんなににやけているのだ、ユーハンよ」

ユーハンに視線を向けたズハンは、息子の締まりのない顔につられて、面白そうに笑っている。

「じきに結婚相手も見つかるかもしれません」

「なんと。やっと身を固める気になったか」

興奮のあまり膝を叩いたズハンは、それは大喜びで、その結婚相手が、実は目の前にいる男だと知ったときのことを考えると、胃がきゅっと締まる心地だった。

「できるだけ早くご報告できるようにします」

「自分で探すと言うから案じていたが、これはめでたい」

そばにいたズハンの近侍も微笑ましげに会話を聞いていて、本殿はしばし和やかな空気に包まれていた。

若い貴族数名が、王に巻物を届けに入ってきた。一番前を歩くシュインは、借りものではない貴族の衣装を着たリキョウに気づき、目を瞠った。そして、自分を差し置いてリキョウが近侍になったことを察し、音がしそうなほどきつく奥歯を嚙む。

ズハンもシュインが近侍の座を狙っていたことは知っていたようで、悔しさをかみ殺すシュインに声をかける。

「そなたのように優秀な廷臣がユーハンに仕えると思うと、安心して歳をとれる」

「おそれいります」

父の功績を踏襲するのは息子の誉れだ。教養を活かすにも絶好の役目だと笑うズハンに、シュインは深く頭を下げ、暗い表情を隠していた。

ユーハンの将来の基盤が固まり、ズハンは満悦の様子だったが、その表情は長く続かなかった。城外が騒がしくなり、ざわめきは駆け入った役人によって城内にも波及した。

「王陛下！」

シュインの父である廷臣が、顔を真っ青にして本殿に入ってきた。

「何事だ」

「ゴウの皇帝軍が迫っています」

「なんだと！」

玉座から勢いよく立ち上がった王に、さらに集まってきた廷臣が跪く。そして、敵襲の気配にまったく気づかなかったことを、口々に詫びていた。

「隣国からの使者はなかったのか」

「隣国は皇帝軍の奇襲に遭い、抵抗したものの半日も保たずに占領されています。シキに来るはずの連絡員も殲滅され、奇跡的に生き延びた連絡員が、大怪我を負いながら奇襲の知らせをたった今届けに来ましたが、皇帝軍もすぐそこに。すでに町は包囲されつつあります」

大陸を西へ進むと、隣の小国を挟んで帝国ゴウがある。無慈悲な暴君、皇帝カンエイが支配するゴウは、周辺国を恐怖に陥れ、次々と侵略した大帝国だ。大陸に存在する国をすべて隷属させる勢いで拡大してきたゴウ帝国だが、シキの国と、帝国とのあいだにあった一国は、地理的に制圧が難しいことと、二国の規模が戦の成果に釣り合わないことから、侵略の手を伸ばさず、関心すら示していなかった。そのはずなのに、隣国を急襲し、布告なくシキに迫っている。油断があったのは確かでも、悪質な急襲だ。シキにはゴウ帝国と争う理由も、挑発した過去もないのだから。

「対抗できるのか」

「国中の男子をかき集めても、皇帝の軍勢には及ばないでしょう」

険しい表情の軍官が、変えられない事実を、苦しそうに王に伝える。目を見開いたズハンが絶句したとき、警備兵が必死の形相で走ってきた。

「門の外、町の外郭まで軍勢が迫っています」

シキの国全員で対抗しても足りないほどの騎馬兵が町に迫り、王の出方を待っている。明朗な王の青ざめた顔が、絶望的状況を物語っていた。

「絶対に抵抗するな。話し合いで解決する。皇帝と指揮官をお招きしろ」

力で衝突すれば隣国のように半日も経たないうちに侵略される。王は考えられる唯一の方法で、民を守ろうとしていた。

話し合いの席についても、皇帝と話が通じない可能性は非常に高いだろう。会話をしたからといってすんなり帰るはずもない。王は、自らの立場と、最悪の場合は命と交換に、民を救おうとしているのだ。

「今すぐ皇帝の席を用意しろ」

廷臣に命じた王は、真剣な眼差しでユーハンを見据える。

「次の王はお前だ、ユーハン。今日ここで何が起ころうと、シキの王として民を導くのだぞ」

シキの将来を息子に託した王は、ユーハンが動揺を押し殺して頷くと、廷臣から助言を募った。そのすべてに耳を傾け、最後に景気づけと言わんばかりに、酒を一杯呷った。

「皇帝カンエイ陛下がお出ましになります」

王はその場にいた全員に、身分の順に並び、皇帝を迎えるよう指示した。王の斜め後ろに用意された椅子に座ろうとしたユーハンは、一旦はリキョウを後ろに控えさせようとしたが、実家に隠れるよう父親に言われているシュインを見て、リキョウの腕を掴んだ。

「シュイン、リキョウも連れていってくれ」

目指していた近侍の座を奪ったリキョウを連れ出したくなどないだろうに、シュインは頷いて手招きする。

「ユーハン」

この先に何が起こるのかわからなくて、離れるのが怖い。振り向くと、ユーハンは仕方なさそうに笑った。

「案ずるな。終われば迎えにいく」

　大したことではないと笑うユーハンを信じたいのに、不安が胸を押しつぶしそうなほど膨らむ。だが、これ以上シュインを待たせられないし、ここにいても邪魔になるだけだから、心細さを無理やり封じた。

　シュインのほうを見ると、無言で手招きされた。そのまま裏口から出ようとしたが、すんでのところで閉ざされてしまい、残るは正面と正面横の扉だけになった。急いで横手の出入り口に歩いていくシュインについていくも、正面に軍官を連れた皇帝が迫っていて、慌てて端に寄って役人の列に混じらねばならなくなった。

「さすがにシキは遠いな」

　散歩のついでと言わんばかりの態度で本殿に入ってきた皇帝カンエイは、四十を超えたくらいの、冷徹さが滲み出る容貌の男だった。薄い唇を嫌味に吊り上げ、顎を上げて歩く様は、自分以外のすべてを見下していることを示している。身に着けている鎧は、そのほとんどに金が塗られていて、まるで権力を振りかざす象徴だ。部屋の中央に用意された、王と同等の椅子を粗末と嘲笑し、ふんぞりかえる様は、国を背負う君主とは信じられないほど無礼で不遜だった。

「シキの王よ。帝国に仕えるか、滅びるか、選ばせてやる」

椅子に座るなり、カンエイはズハンの口上も待たずに最悪の選択を迫った。属国に成り下がるか、戦って敗れるか。シキの敗北を決めつけているのは、シキの民が全員兵士であったとしても、皇帝軍に敵わないと確信しているからだ。隣国の惨状を知っていれば、ズハンは属国になることを選ばざるを得ない。敗北すれば、残るのは灰の山と奴隷に堕とされる恐怖だけ。対し、属国ならば金品と誇りを搾取されるだけで済む。ズハンに選択の余地はないのに、恩情を与えたとでも言いたげなカンエイは、どんな悪漢も青ざめる凶賊だった。

「我々シキの民は、貴国にお仕え申し上げます」

王の声は、淡々としていた。想像を絶する悔恨を抱きながら、身を切るより辛い決断を下したズハンの顔は青白く、目玉が飛び出そうなほど怒りに震えている。それでも、感情を押し殺して放たれた、王として民を守ろうとする言葉に、その場にいたシキの人々は胸を打たれ、矜持を捨ててへりくだる王に凶悪な決断を迫ったカンエイを心底呪った。

ズハンが怒りに震えているのを嘲笑うかのようなカンエイは、今までいくつもの国で、君主を辱め、人々の尊厳を奪ってきた。言われなくてもわかる。侵略はカンエイにとって盤上の遊びと変わらないのだと、嫌味な笑みを浮かべる冷徹な顔が語っていた。

「話のわかる王ではないか。その気転に免じて、王のまま置いておいてやろう」

下卑た笑い声を上げたカンエイは、従属の印に献上品を収めるよう尊大な態度で命じた。

「今日よりシキは我らの属国だ。王よ、帝国に仕える名誉に感謝しろ」

シキという一つの国の王を、強制的に属国の長にしたのに、カンエイはただ面白がっている。気が狂っているとしか思えない。こんな人間がいるのが信じられなくて、シキの民として悔しくて、拳をきつく握った。シュインも、爪が食い込むほど拳を握りしめているのがわかる。それでも、口を閉じてひたすら俯くしかなかった。

たった数言の後にシキを手中に収めたカンエイは、高慢な態度をそのままに席を立ち、外へと歩きだした。左右に並んでいる、属民となったシキの役人たちを嫌味な笑みを浮かべて見回したカンエイは、本殿を出る寸前、リキョウの前で足を止めた。

「つまらん国だと思っていたが、色性とは粋な土産を用意しているではないか」

自分のことを言われているのだと気づいた瞬間、心臓が破裂しそうになった。なぜ色性だと知られたのか。否定しようとしたが、衣装と合わない首の防具が、色性の印になってしまっていることに気づく。

「連れてこい」

カンエイが命じると、軍官がリキョウの手首を掴み、強く引いた。

「リキョウ！」

ユーハンの叫び声が響いた。手首を容赦なく引かれ、軍官を追わねばならなくなり、それでも必死に振り返ると、数人の役人がユーハンを力ずくで押さえていた。

リキョウを取り戻そうとして暴れる王子を、幾人もが名も呼べぬよう口を塞ぎ、押さえつけている。王も、廷臣も、その場にいる誰もカンエイを引き止めようとしない。異常な静けさに、リキョウは理解した。自分は生贄（いけにえ）なのだと。シキという大きな家族を守るために、暴君に捧げられる生贄なのだ。

王は、カンエイの癇（かん）に触れぬよう手を尽くしていた。だから自分も、シキのために土産にならねばならない。自分でも不思議なくらい、一瞬で諦めがついた。手首を引っ張られるまま、おとなしく連れ出されれば、皆がいくらか安堵しているのを感じた。

「リキョウ！」

好きなひとの悲壮な声が、自分を呼んだ。結ばれたばかりの、大好きなひとだけは、自分を取り戻そうとしている。力ずくの制止を振り切って、追いかけようとしたユーハンは、リキョウの名を叫んだ直後、警備兵や廷臣にまた取り押さえられ、それでもまだ、地面を這（は）ってリキョウを追おうとしていた。しかし、四肢を完全に捉（とら）えられ、それ以上動けなくなり、切れた唇から血を流しながらなおもリキョウを引き止めようと叫ぶ。

「リキョウを返せ！」

それは獣の咆哮だった。人間の感覚を脅かす渾身の叫びに、カンエイが振り返る。そして結婚を誓ったひとを奪われるユーハンの、憎悪に満ちた目を見て、何も言わずに前を向いた。その一瞬の動作が、とてもぎこちなかったのが、ひどく印象的だった。

最後にもう一度だけ見たくて振り返ると、明朗なはずのユーハンの双眸は厭悪に染まり、その凄まじさはこの世を燃やしそうなほどだった。それほどまでに想われていることが幸せで、極限で感じたこの幸福があれば、これから何が起きても生きていける気がした。

(さようなら、ユーハン)

いつかユーハンが王となるシキのために役立ってみせる。好きなひとと結婚する夢を見た日に訪れた悲惨な結末に、泣きも逃げもせず、リキョウはただ身を捧げた。

手首を縛られ、初めて見る大きな馬車に乗せられて、目的地も知らぬまま連れ去られる恐怖は限界をはるかに超えていた。正常な意識を保てず、リキョウは座らされた椅子の上で、石像のように動けなくなり、血の気の引いた身体はおかしいくらい青白くなっている。そんなリキョウを、同乗している皇帝の取り巻きが、呪いの紙人形と揶揄した。他の誰かは乳臭い木偶と、はっきり聞こえる距離で言ったのに、リキョウの耳には届かなかった。

感覚を殺さないと、座っていられなかったからだ。

　瞬きもろくにできないリキョウに、取り巻きはすぐに興味を失っていた。そこから何時間経ったのか、日没が迫るころに見知らぬ土地で馬車を降ろされ、カンエイに連れられて、シキのものより大きな城に入った。派手さのない城内は混沌とした空気が流れ、けれど妙に静かだ。不気味な雰囲気に頭が警鐘を鳴らし、意識がはっきりしてくると、不気味さの正体がわかった。この城は、昨日急襲され、占領された隣国のものだった。

　強奪したも同然の城で、カンエイは平然と夜宴を要求する。この地の人々であろう、召し使いたちが、憎悪をかみ殺しているのは見ているだけでわかるのに、それでも反抗する者が現れないのは、いつでも斬り落とすと言わんばかりに剣を抜いた見張りがそこらじゅうに立っているからだろう。カンエイの支配は恐怖と暴力によって行われる。手を滑らせて盆を返した老齢の女性を、無慈悲に棒で殴る兵が視界の端に見えたとき、リキョウは無血にて開城した王がどれほど賢明だったのかを理解した。

　大広間に用意された宴席で、カンエイはシキを属国にした祝杯を振る舞った。手首を縛られたままのリキョウは、カンエイの席からすこし離れたところで、食事も水も与えられず、ただ座っているだけ。新たな属国を手に入れた勝利の象徴として、人形のようにそこでじっと座るだけだった。命じられたわけではない。誰に話しかけられるわけでもない。

強引に座らされたところから、自力で何をすべきか察しただけだ。間違えればさっきの女性のように、棒で殴られるかもしれない。恐怖の支配は、確実にリキョウを蝕んでいた。

　支配される者の苦しみなど、宴席についた者はまったく気に留めていない。軍官や臣官は皇帝の栄華を口々に讃え、豪華な宴は夜通し続くかのように見えた。しかし、何度か乾杯の音頭が響くと、カンエイはそばにいた二名を残して全員を退席させてしまう。広間は閑散とし、賑やかだった城は一転、重苦しい静寂に包まれた。何もかもが異様で、当惑するリキョウをよそに、広間に残ったカンエイは宴を続ける。

　三人の前に食事が運ばれてきた。ぼうっと見ていると、カンエイの前に置かれた料理はどれも歪な形をしていることに気づいた。魚なんて、尾頭付きなのに、至るところに穴が開いている。残飯のように見える魚を当然のように口に運ぶカンエイと、穴のない魚をおいしそうに食べる臣官。何を見ているのかわからなくなる光景をしばらく観察していると、カンエイの食事だけ毒見がされていることに思い至った。次々に運ばれてくる酒も、広間の出入り口に正座をした男性が銚子ごとに必ず一杯飲み干している。恐怖によって虐げられた者が用意する料理も酒も、信用できないのだ。そして、そんな料理を臣官にはそのまま食べさせているカンエイは、自分以外の命など、取るに足らないものとしか考えていない。

庶民にも目を配り、民を家族と呼ぶ王と王子が統べるシキに育ったリキョウには、どれも信じられないことばかりだ。底なしの恐怖を目の当たりにして、今になって背筋が凍った。悟られないよう必死に隠したけれど、ユーハンが選んでくれた服の下で、手足が震えて止まらなかった。

穴だらけでも豪勢な食事を、カンエイが大量に食べ残したころ、一人の臣官が配下に呼ばれて去っていった。配下のあいだで揉め事が起きたようで、宴に水を差したことを謝罪しつつも、ひどく不満げに広間を出ていく。それを見送ったカンエイは、思い出したかのようにリキョウを見た。

「シキの王家も雑魚だったが、色性を囲っていたのは意外だった」

民を家族と呼ぶ心優しい王家を、雑魚と罵ったカンエイは、値踏みするような視線でリキョウの頭から下を見る。そして嘲笑を浮かべながら、手招きした。

「来い」

命じられ、従うしかなかった。何をされるのかわからず、怖くて仕方がないのに、それでもリキョウはカンエイの一歩手前まで近づいた。

「首輪を取れ」

有無を言わせぬ命令に背く勇気はなく、いつかユーハンにくちづけされて番になる日まで、守り続けると約束した首元をカンエイと臣官の前に晒した。震える手で外した防具を握りしめるリキョウを見て、カンエイはなぜか声を上げて笑った。

「芋臭い小僧が、一丁前に房事の痕なんぞつけよって」

ユーハンが残したくちづけの痕を嘲笑され、泣きたいくらい悔しい。好きなひとと結ばれた思い出を馬鹿にされて、それでも必死に涙を堪え、黙って耐えた。

反抗せず、媚も売らないことが面白くなかったのか、立ち上がったカンエイはリキョウの腕を摑み床へ投げつけた。そして勢いよく倒れ込んだリキョウの襟を背後から摑み、力まかせに引っ張る。

「うぅっ！」

喉が締まって、リキョウはたまらずに呻いた。慄くリキョウを冷徹に見下ろしているカンエイは、あることに気づき、くくっと喉の奥で笑う。

「小僧、番がおったか」

見下ろすカンエイが何を言っているのか、まったく理解できなかった。ユーハンとは、これから番になるはずだったのに、もう番がいるとはどういうことだ。

何も言えないまま、抵抗だけはせずにいると、襟を離したカンエイに、座っていた椅子に戻るよう仕草で命じられた。

「番がいたとなると、皇帝陛下のお役に立てないのでは？」

臣官が残念そうに訊ねても、カンエイはなおも不敵に笑んでいる。

「いや、利用価値は存分にある」

ゆったりと席に着いたカンエイに、臣官は一瞬不思議そうにしていたが、すぐに表情を正して太鼓持ちに専念していた。

ほどなくしてカンエイが立ち上がり、宴が終わった。カンエイの寝室へと連れられていったリキョウは、そこで中着だけの姿になるよう命じられ、一度解放された手首を今度は後ろ手に縛られた。

慰み者にされるのなら、舌を噛み切ってしまいたい。ユーハン以外の手に落ちるくらいなら、いっそ命を絶とう。静かに覚悟を決めたリキョウを正座させたカンエイは、膝をついて目線を合わせる。

「名はリキョウというのか」

冷徹な容貌をにわかに緩めて訊ねられ、リキョウは無言で頷いた。犯されようとしているのか、折檻が待っているのかわからず、涙を浮かべるリキョウの頬を、カンエイは不気味なくらい優しく撫でる。

「お前は儂の番だ」

番だと言いきられ、リキョウは頷くしかなかった。ユーハンの番に、伴侶になる未来など最初からなかったかのように、感情も思考もすべてを殺して頷いた。

「物分かりが良いな、小僧」

口角を上げるカンエイが、何をする気なのか予想もできない。わかることは、これ以上身体のどこかを触られたら、舌を噛む覚悟だということだけ。身構えたリキョウの頬を二度軽く叩いたカンエイは、それ以上何も言わず、一人で寝台に上がった。手首の縄を解いてもらえないまま取り残されたリキョウは、どうしていいかわからず、正座をしたまましばらく待った。しかし、極度の緊張と恐怖に疲れ果てて、座るのも辛くなり、床にうずくまった。そしてそのまま、暗い眠りに落ちた。

「支度の時間です」

女性の声に起こされ、目を開けると、数人の女性に囲まれていた。

カンエイの寝室の床で、手首を縛られたまま眠っていたリキョウを、訝しがることも同情することもなく、召し使いたちは淡々と風呂に入れた。そして念入りに髪を整え、女性のように結い上げると、今度は遊女のような、うなじが大きく見える衣装を着せる。仕上げは化粧だ。顔をつくるのではなく、まだうっすらと残るくちづけの痕を粉で隠していく。途中から監視に来たカンエイは、しきりに嚙み痕は残せと命じていた。

支度が済むと、狭い歩幅でなら歩ける余裕を残して足首を縛られた。手首も前で縛られ、縄が見えないように、常に袖に手を入れているよう命じられた。

鏡を見せてもらえず、自分がどんな見目になったかよくわからない。ただ、本屋の女将が好きだった春本に出てくる陰間のようなのだろうとは思った。仕切りの向こうから聞こえてきた、女将と常連客の会話が懐かしい。日常の一片を思い出し、必死に涙を堪えるリキョウを、カンエイは城中連れ回し、番の色性だと見せびらかしていた。

夜には属国からの献上品と、世にも珍しい色性を披露する宴が開かれ、リキョウはシキから奪われた財宝と一緒に並べられた。置き物を品定めするかのように、幾人もがリキョウを見物していく。不快な視線に吐き気を覚えたころ、カンエイがそばに寄ってきた。

「品のある色性を番になさいましたね」

身分の高そうな男に言われ、カンエイは上機嫌で答える。

「シキの献上品のなかで一番気が利いていた」

無理やり攫ったことをおくびにも出さずに笑ったカンエイは、唇を嚙むリキョウのうなじを無遠慮に撫でる。

「番にしたのは気まぐれだが、嚙み痕を残すのは阿性冥利に尽きる」

そう言って笑ったカンエイの指が、うなじの嚙み痕に触れたときだった。

背筋が冷たくなって、嚙み痕に触れている手を振り払いたい衝動に駆られた。手首を縛られていなければ振り払っていただろう。拒絶反応は本能的で、嚙み痕に触っているのが真の番でないと訴えている。経験のない感覚は、色性と阿性、そして番の理をリキョウに知らせようとしていた。

阿性は、色性の首元を嚙んで番にする。リキョウの番は、情交の最中にうなじを嚙んだユーハンだ。そしてカンエイは、リキョウを番と偽ることで、阿性を偽っている。そうでなければ、他人の番を己のものだと言い張る理由がない。

番はユーハンだ。好きなひとが、魂の伴侶なのだ。確信を得た瞬間、嬉し涙が溢れそうになった。これからどんな仕打ちに遭っても、ユーハンと身も心も魂も結ばれているから乗り越えられる。

番は永遠の契りだ。どこにいても、どれだけ離れていても、リキョウはユーハンのもの。カンエイがどれほど嘘をついても、魂の繫がりは決して断てない。この真実は、この後のリキョウを力強く支えていく。

ゴウ帝国の都へ向かう道程は、いくつもの城を跨ぐ長旅だった。行く先々で皇帝の番として披露され、都に到着するころには、カンエイの番として寵姫と同等に見なされるようになっていた。実際は、カンエイがリキョウに触れることはなく、寵愛などほど遠いものであったが、どうしても番が欲しいカンエイは、リキョウが寵姫と目される状況を許していた。

どうしてそこまでして、阿性を偽るのか。リキョウは耳を澄ませ、阿性と色性、カンエイやその取り巻きのことを知ろうとした。そうして得た情報から、なぜ自分だったのかを理解した。

歴史上、大陸に名を馳せた権力者は阿性が多く、阿性は支配者の性として知られている。阿性支配者のほとんどは、稀少な色性を侍らせ、番にしていた。ゴウ帝国においても、阿性は神秘であり崇拝の対象で、カンエイは求心力を得るため阿性を名乗ったのだ。

周辺国を次々と侵略したカンエイには、しばしば色性が献上されるも、侮辱罪で処刑するか慰み者として配下に渡してきたという。偽りの阿性は色性を番にできず、番が一人もいなければ性を疑われてしまう。嘘に嘘を重ね、ことごとく色性を始末してきたカンエイだが、阿性を偽る限界が近づいていた。そんなときに、番の印を持つリキョウが現れた。番が不明なら、自分が番だと偽ればいい。軍官や、シキの役人たちの前で目立つ攫い方をしたのも、阿性を強調するためだ。リキョウを番と呼び、見せびらかすことで、カンエイは阿性を印象づけることに成功した。

あの宴の夜にリキョウに番がいると知った臣官を、二度と見ることはなかった。不要な真実を知った者は消されるという教訓を早々に得たリキョウは、絶対に真実を明かさないと心に誓った。

カンエイの虚栄心を満たすため、リキョウは都でも番の役に徹した。シキの国の生贄だという事実を忘れず、従順な番のふりを貫いた。それがユーハンへの、リキョウの愛情だった。

都での暮らしは、宮殿の一室を与えられ、召し使いもいる、想像もしていなかった優雅なものだった。両親に会えず、好きなひとと会えないどころか、誰からも遠巻きにされて孤独を極めているけれど、生活を苦しくは感じない。カンエイが番を見せびらかすのに飽きるまでの、一時の贅沢だ。そのうち用済みとみなされ、始末されるだろうから、それまでは、豪華な宮廷料理や華美な寝床を堪能してやればいい。

割り切ってしまえば、あとは粛々と番の役に徹するだけ。淡々と生き延びて数か月、異様に腹が張って、生まれて初めて医者にかかった。部屋まで往診にきた医者の診断は、懐妊だった。

「おめでとうございます」

その場にいた全員が、リキョウに頭を下げた。皇帝カンエイは、妻と一人息子を亡くし後妻もいない。すなわち、皇帝の子を身籠ったリキョウは、国母にもっとも近い存在になったのだ。

しかし、授かったのはユーハンの子だ。カンエイだけはその事実を知ることになる。

胸が張り裂けそうなほどの不安に駆られ、血の気が引いているリキョウに、医者は悪阻に効く薬草を置いていった。

知らせを聞いた臣官は、皇帝に知らせろと急かしにきた。一番良い衣装を着せられ、謁見の間に向かえば、カンエイは凶報を予感したのか、表情を険しくする。

「皇帝陛下、懐妊のご報告に参りました」

今にも震えそうな声で、なんとか言いきったリキョウに、カンエイは何も言わなかった。否、何も言えなかったのだ。

色めきたつ臣下は、口々に祝福の言葉をかける。今さら番を否定できないカンエイは、祝辞を聞き流すと、冷たい声で言い放った。

「務めを終えてから来い」

一瞬にして空気が凍った。跡継ぎだけが成果であり、今のリキョウには番という以外の価値はない。そう言い捨てて、カンエイは去っていく。

臣官は、跡継ぎ誕生の可能性があるのに、カンエイが関心を示さなかったことを不思議がっていた。中には大役を負ったリキョウに励ましの言葉をかける者もいたほどだ。しかし、唯一真実を知るリキョウは、己の危うい立ち位置を理解し、戦慄するほかなかった。

ユーハンの子がもし女児だったら。考えるだけで背筋が凍る。男児だったとしても、血の繋がりがない子が、世継ぎと認められるだろうか。認められたとしても、真実を知る自分は殺されてしまうかもしれない。それどころか、身籠っているあいだに、子もろとも殺されるかもしれない。カンエイならやりかねない、最悪の状況ばかりが頭を埋め尽くし、恐ろしくてたまらない。一人きりで親になるのも、男の自分に起こり得るはずのなかった身体の変化も、すべてが怖くて気が狂いそうだ。

自室に戻ったリキョウは、一人になった瞬間、泣き崩れた。大声で泣いて叫びたいときは幾度もあったのに、そのすべてに耐えて、堪えてきた。けれど、もう我慢ができなくて、嗚咽で息ができなくなるほど激しく泣いた。

気が触れたように号泣しても、寄り添ってくれる人はここにはいない。いつか殺される宿命なら、いっそ今すぐ絶ってほしいと考えるほど衰弱したリキョウに、召し使いの一人が声をかける。

「そんなに泣かないで。お腹の子も悲しくなるよ」

涙で濡れた手を握ってくれたのは、ランファという、母親と同じ年ごろの召し使いだった。リキョウが宮殿で暮らし始めたころから、食事や着替えの世話をしてくれている。この日までは、皇帝の権力にあやかろうとする、愚かな腰巾着と言いたげな視線でリキョウを見ていたランファだったが、ただならぬ泣き方に声をかけずにはいられなかったのだろう。話もできないほど涙に暮れるリキョウの手を握ったまま、ずっとそばにいてくれた。

「何もかもが怖い。……国に帰りたい」

諦めたつもりだった願いを吐露したリキョウの肩を、ランファはそっと抱いた。

「いつか帰れるよ。だからもう泣かないで、帰れる日まで強く生きなきゃ」

心優しい母親を思い出す、穏やかな声音は、錯乱状態だったリキョウを落ち着かせてくれた。帰るあてなどないことぐらいわかっている。それでも、一縷の希望を与える言葉がリキョウには必要で、ランファもそれをわかって、言ってくれていたのだ。

「ランファにも、帰りたい場所があるの？」

「あるよ。だからこうして働いているのよ」

「そっか」

ランファの身の上が気にならないわけではなかった。けれど、今は自分のことでも手に負えず、ただただ優しい肩に頬を預けて泣いた。

落ち着くまで、ランファは肩を抱いていてくれた。ときどき頭を撫でては、故郷から連れ去られて、不遇を強いられている者は都にたくさんいると言っていた。ランファ自身もその一人だろうに、それについては言わず、ただ、諦めと希望の両方を持って、共感できる仲間を増やしていけばいいと教えてくれた。

ランファの支えを得て、正気を取り戻したリキョウは、ユーハンとの子を守り抜くために、自分にできることを死に物狂いで考えた。子を守るために必要なのは何か。生き抜く術(すべ)をどう身につけるのか。考え抜いてたどり着いたのは、力を蓄えることだった。

母は言っていた。知識は力だと。その教えは常に、リキョウを守るためにあった。状況を冷静に判断し、必要なときに有効な手段を即座に思いつける知恵と知識は、何よりも強い武器になる。

「絶対に守るから」

生まれてくる命に、ユーハンに誓った。力を蓄え、逆境を跳ね返し、強(したた)かに生きることを。これは戦いだ。尊厳と愛情を懸けた、静かな戦いなのだ。

そして半年後、リキョウは我が子を腕に抱いた。大きな声で泣く元気な男の子だ。

妻と一人息子を亡くしていたカンエイにとって、待望の世継ぎだ。カンエイを担ぐ者たちは、我先にと未来の皇帝を見にやってきた。しかしカンエイは男児の誕生を祝わず、名づけもしない。すると、男児の血筋と、皇帝の阿性が疑われ始めた。苦し紛れに、カンエイは男児が色性でないことが確かめられるまで跡継ぎとして認めないと言い出した。どこまでも嘘を重ねるのは、カンエイには阿性が必要だったからだ。シキを侵略する以前から、暴君カンエイは権勢を失いつつあったという。起死回生の策が、遠い東の国の侵略だったのだが、にわかに支持を回復したものの、それまでの横暴と独裁は復讐を企む者を多く生んでいた。皇帝の足元は脆く、その下には地獄が待っている。カンエイはより阿性の神秘性と求心力に縋るようになり、リキョウと子の立場は徐々に重くなっていった。

＊＊＊

シキの国から攫われて、五年。息子リュウハンは四歳になった。赤子のころはよく泣き、よく寝て、よく動いたから、ユーハンにそっくりだと思っていた。しかし三歳を過ぎたころから、静かに遊ぶことが増えてきた。リキョウと絵描きに興じたり、簡単な習字を試したり。座って何かをするのが上手で、自分に似てきたと感じることも多い。顔立ちも、丸い目元がリキョウに似て優しい印象だ。あまりユーハンに似ていると、カンエイの子でないのが知られてしまうから、目元が自分に似てくれてよかった。

「今日も仕事に行くから、リュウハンはたくさん遊んでおいで」

「はい」

にこっと明るい笑顔で、ランファと一緒に自分を見送るリュウハンは、それは愛嬌があって可愛い。もし会えたなら、ユーハンはきっと鼻の下を伸ばして頬ずりするだろう。想像するだけで、胸が温かくなる。

リュウハンが赤子のころは、ユーハンのことを考えると、会えない寂しさに胸が痛んだ。しかし、最近はユーハンとの再会も夢ではないと感じ始めている。

「いってきます」

実の祖母のように世話をしてくれるランファにリュウハンを任せ、部屋を出ていくリキョウに、リュウハンはめいっぱい手を振ってくれる。

「いってらっしゃい」

幼い男児の可愛い声に見送られ、リキョウが向かったのは、記録室と呼ばれる、書類の複写や管理をする場所だ。広大な帝国の全土から送られてくる報告書や嘆願書などを、大勢の複写係が写す部局で、リキョウも複写係の一人だ。

首の噛み痕が見える陰間のような服の着方しか許されておらず、しかも職を必要としないはずの寵姫であるリキョウは、複写係になった当初は完全に浮いた存在だった。三年近く真面目に通ってきて、今は溶け込んでいるものの、堅い性分の者が多い記録室は長くのあいだ、居心地の良い場所ではなかった。

それでも続けたのは、複写係は侮れない仕事だからだ。書き写すとき、原書を読まねばならず、必然的に全土の情報がリキョウの手元を通っていく。正確さと速さを求められるため、ほとんどの複写係は内容を読み込まずにただ字を写している。が、リキョウは本屋で教本を複写したのと同じ要領で、内容を頭に入れながら、シキの国について書かれていそうな書を率先して複写している。

複写係は原則として原書を選べない。しかし、真剣に取り組み信頼を得ることで、原書を選べる自由を摑んだ。最初からシキについての書ばかり選ぼうとすれば怪しまれてしまう。確実に情報を得るために、時間をかけて複写係としての信用を勝ち取った。その成果が今、リキョウの手の中にある。

始業後一番に、東の拠点から送られてきた文を手に取ると、何食わぬ顔でざっと目を通し、内容を頭に入れながら書き写していく。早朝の早馬に届けられた文には、ゴウ帝国の東端に位置する小さな属国だったシキの軍が、いくつもの属国の軍を束ね、都に迫りつつあるという、緊迫した内容が書かれていた。

四年前、ユーハンは二十歳(はたち)にして、属国シキの王となった。心労に倒れた父王に譲位され、しばらくは帝国の搾取に従順でいたという。しかし、今から一年ほど前に突然、挙兵した。否、都のカンエイには突然に見えただけで、準備は着々と整えられていた。

綿密に練った計画と、周到に用意した挙兵により、打倒暴君カンエイを掲げるユーハンは、破竹の勢いで他の属国を次々と配下に入れていき、属国の覇王という二つ名を冠するまでの存在となっている。

始まりは、完全なるだまし討ちだったそうだ。周辺の属国と小競り合いをするように見せかけてシキの内で兵を集め、水面下では諸属国の長たちと示し合い、用意が整うと、ユーハンを大将として一気に挙兵した。そして、油断していた東方の皇帝軍を制圧し、彗星(すいせい)のごとく現れた、新時代の王という印象を一夜にして作り上げた。すると、カンエイに不満を抱く属国や地方の長たちが、ユーハンの大胆不敵な挙兵に傾倒し、次々と帝国に反旗を翻すようになった。そのすべてを束ねるユーハンの軍は、一年のうちに帝国を二分するほどの大勢力となったのだ。

ユーハンの狙(ねら)いは、帝国の半分を制圧することではない。カンエイに対する復讐と、リキョウの奪還だ。文を交わす自由はなく、挙兵の動機が自分にあるのか確かめたわけではない。けれど、ユーハンはいつか必ず、助けにきてくれる。そう、本能が日々囁いている。

怪しまれないよう、ユーハンやシキとはまったく関係のない書もいくつか複写したリキョウは、夕方が近づくと早々に記録室を出た。まっすぐ部屋に帰ると、リュウハンと駒で遊んだ。今夜は、一緒に夕餉の席に着けないだろうから、めいっぱい遊んでおきたかった。

ユーハンの軍が迫るにつれ、カンエイの酒量が増している。皇帝軍が敗北した日は、リキョウを呼び出してくだを巻くのが、ここ半年ほどのカンエイの悪しき習慣だ。気を許せる人間がもうおらず、酔った姿を晒せるのは、リキョウだけになっている。それも、武術や戦闘の経験がなく、小柄で非力だというだけで、信用しているからではない。

カンエイに復讐を誓うのはユーハンだけではない。身近なところにも、寝首をかく機会を待っている者がたくさんいる。それが誰かはわからず、あるいは全員かもしれない。疑心暗鬼に陥ったカンエイは、暗殺を警戒して飲み水も怖がる有り様だ。以前は恫喝や暴力で従わせていた配下の多くも、覇権を失っていく暴君を見限っている。カンエイの砦は、拡大以前からゴウ帝国だった、都から西側の出身者くらいだろう。それも、地方によってはひどい扱いを受けてきたから、カンエイを支持する者はごくわずかだ。

「皇帝陛下がお呼びです」

夕餉の時間が近づくと、やはり呼び出されてしまった。まだまだ甘えたい盛りのリュウハンは寂しそうな顔をする。

「行ってしまうの」

「すまないね、リュウハン。お詫びに、明日は城下の市場に行こう」

「ほんと？」

大好きな市場に行けることになって、リュウハンは目を輝かせた。

「必ず行こう。約束するよ」

まだ肩までしか伸びていない髪を一つにまとめた、子供らしい頭を撫でると、リュウハンは納得した様子で、ランファが夕餉の準備をするのを手伝い始めた。この先どんな暮らしが待っているかわからないから、大人になったときに自身の世話ができるよう、リュウハンにはリキョウとランファを積極的に手伝うよう教えている。とはいっても、まだ幼いから、万一倒しても困らない果物の皿や空の食器を運んでもらう程度の手伝いだ。

リュウハンが椅子に座り、食事を始めたのを確かめてから、リキョウはカンエイの居殿に向かった。渡り廊下を渡ると、小広間に人が集まっているのが見えた。それも、不穏な空気が外まで漏れている。何かカンエイの気に食わないことがあって、誰かが許しを請うているに違いない。何度も見てきた光景を予感しながら小広間に入ると、予想に違わずカンエイが早馬の連絡兵を怒鳴り散らしていた。

「東府軍も劣勢だとっ！」

　上官に命じられ、事実を伝えにきただけの連絡兵に、カンエイは酒杯を投げつける。それを止めるでもなく、肩を竦ませているのは数人の腰巾着だ。皆、小広間の左右に用意された席で、カンエイの怒りも当然といった態度をとっているが、内心冷ややかなのが伝わってくる。

　目立たないよう俯いて小広間に入ったリキョウは、壇上にある皇帝の席の横、控えの席に着いた。そして、自分で酌をし、一杯飲んだ。皇后でもなく、本物の寵姫でも番でもないリキョウには、成り行きを見守る以外どうしようもないからだ。

「援軍を送ったはずだ。やつらは何をしている！」

　カンエイは次に腰巾着たちを怒鳴り始めた。怒るカンエイと言い訳をする腰巾着。傍から見るとひどく滑稽だ。遂には腰巾着同士で責任の擦りつけ合いが始まり、収拾がつかなくなっていく。

　怒号が響くなか、リキョウは冷静に、状況を鑑みる。今朝写した文よりも、さらに先へとユーハンの軍勢は進んだようだ。東府軍は都を出てすぐの、東側の守備軍で、ここが破られると次は都を守る総督軍と衝突することになる。他の地方から援軍をかき集めているのが、腰巾着の必死の訴えからわかるが、あまり手薄になるとその地方でも反乱が起きかねず、均衡を保つのに苦慮しているのも伝わってくる。

カンエイは手詰まりの状態だ。都を守れるとすれば、ユーハンの軍勢が内紛などで自滅した場合だけだろう。五年間、宮殿で耳を澄ませ、戦略の何たるかも知らないところから、広大な帝国のすべての属国、不穏分子、裏切り者から名軍司まで暗唱できるまでになったリキョウの分析では、ユーハンに軍配が上がる。打倒カンエイは、全属国の悲願だからだ。

「シキの小童を狩ってこい。首を取った者は属国の総督にしてやる」

カンエイが言い放つと、腰巾着たちは慌てて立ち上がり、小広間を出ていった。リキョウはみぞおちのあたりが落ち着かなくなるのを感じるも、カンエイの腰巾着は腰抜けばかりで、恰好だけカンエイの命令を聞いてきたから、今も生きていることを思い出し、冷静さを取り戻す。

目の前でユーハン討伐が命じられても、落ち着きを失わないリキョウを振り返ったカンエイは、不満を露わにする。

「高を括っているのか」

ユーハンの優勢を悟っているのが、表情に出てしまっただろうか。睨まれたリキョウは、両手をついて頭を下げる。

「卑しい身ゆえ無知な私に、世情はわかりません」

自分は低い身分の無知な人間だと言い続けることで、知識を貯めていることを隠してきた。カンエイの頭の中では、リキョウはずっと芋臭い無知な小僧のままだっただろう。侮りを逆手に取られていたことにやっと気づいたカンエイは、リキョウの胸ぐらを摑んだ。

「世情を知らぬだと。見え透いた嘘をつくな！　何が複写だ、文を盗み見おって！」

堂々と正面から記録室に入り、複写をしてきた。盗み見と責められるのは理不尽だ。しかし憤慨するカンエイに何を言っても通じない。胸ぐらを摑まれ、息が苦しいことだけを表情に映し、黙って見上げると、カンエイは床に叩きつけるように手を離した。

壇上の席に戻ったカンエイは、銚子から直接酒を呷った。ちかごろは、毎夜こうして無茶な飲み方をするらしい。顔色は日に日に悪くなり、戦がなくともカンエイの時代はそう長くないとまで囁かれるほどだ。

酒杯からだったり、銚子からだったり。不機嫌そうに酒を呑むカンエイを、リキョウは黙って眺めた。酌を命じられれば酌をして、飲めと言われれば一口飲む。こうして、望まない酒の席を幾度となく切り抜けてきた。

ひとしきり呑んだカンエイは、ふと思い出したようにリキョウを見る。

「番はあの小童か」

初めて番のことを訊かれた。不都合な事実はすべて無理やり捻じ曲げてきた男が、覇気のない声で訊くのに、侘しさを感じずにいられなかった。同時に、属国に堕とされたシキから、仲間を集めて都へ進んできたユーハンを、小童と呼んだことに不快感を覚える。

「どなたのことでしょう」

教える義理もないのではぐらかせば、カンエイは嫌味に笑んで「鼠が」と吐き捨てた。そしることしか知らない傲慢な暴君は、床の敷物をぼうっと眺めて、溜め息を吐く。

「あの小童の目が焼きついておる。あやつは儂に呪いをかけていた。どれだけ闇討ちをかわしても、最後は小童の呪いに殺される。そう思わせる目だった」

終わりの始まりを悟った瞬間を振り返るカンエイは、ただの弱った人間だった。諦めたようにふっと笑ったゴウ帝国の暴君は、灰になって飛んで消えそうなほど弱々しく見える。

足元がおぼつかないカンエイを、召し使いと一緒に寝所へ連れていったリキョウは、寝台を囲む帳につけられている鳴子を見て、また侘しさを感じた。寝首をかかれないための警鐘がなければ、眠ることもままならない。カンエイは、栄華を極めたかもしれない。この世の頂点に立った心地だったかもしれない。けれど、行きついたのは、暗殺に怯える毎日。因果応報、同情はしないが、哀れだと思う。自分に憐れまれていると知れば、カンエイは怒り狂うだろう。だからこそ、ときどき憐れんでいる。これがリキョウなりの反乱であり、報復だった。

朝になり、記録室へ行ったリキョウはユーハンについて書かれた文を探したが、新しい情報はまだなかった。見つけられたのは、おそらく今日、東府軍とユーハンの軍勢との決着がつくという誰かの推測と、戦況次第で都の外門が閉じられるということだった。外門が閉じられるならユーハンの軍勢が勝つということだ。そうなると、都に戒厳令が出され、市場も閉まってしまう。リュウハンと約束しているリキョウは、急いで二枚ほど複写を済ませ、部屋へ戻った。そしてリュウハンとランファを連れ、市場に向かう。

「良い天気だね」

都からそう遠くはないところで、ユーハンとカンエイの軍勢が衝突していることなど、知る由もないリュウハンが、夏の晴れた空を見上げて嬉しそうに言った。

「散歩日和(びより)だね。市場に来るのにちょうどいい天気だ」

手を繋ぐリキョウとリュウハンを、ランファは微笑(ほほえ)ましげに見守っている。そして数歩離れたところには護衛の兵もいる。リキョウたちの身を守ると同時に、逃走を阻止する監視だ。慣れているので気にしないが、今日は都の外の状況もあって、兵がいつになく慎重になっている。

市場に着くと、いつもの半分ほどしか露店が出ていなかった。戒厳令を恐れてのことだろう。リュウハンは気にしていなかったので、そのまま店を見て回った。菓子を買い食いしたり、異国の調度品を見たり、楽しく過ごしていたが、遂に見張り台から戒厳令を知らせるのろしが上がり、帰らねばならなくなった。

「人形を買って帰ろうか」

リュウハンの目当ては、掌（てのひら）ほどの人形だ。いくつか揃（そろ）えて人形劇のようにして遊べるのだが、玩具（おもちゃ）にしては少々高価で、いつも眺めるだけで終わっていた。複写係としてきちんと給金をもらって、しっかり貯めてきたけれど、力加減がおぼつかない子に買い与えるには足踏みしたくなる値段だ。しかし、情勢は不安定になるばかりで、次にいつ市場に来られるかわからない。思いきって、買って帰ろうと言えば、リュウハンは目をきらきらと輝かせた。

「いいの？」

「ああ、いいよ。良い子にしている褒美だ」

「やったぁ！」

飛び跳ねて喜ぶリュウハンに、五つの人形を買ったリキョウは、急いで宮殿に戻った。身の安全を確保するには宮殿の部屋にいるのが一番だ。ランファを筆頭とする召し使いとは、以前から危機が迫った場合について相談してあるから、最悪の場合にはリュウハンだけでも生き残る道を作ってくれるはず。

「人形を一つ貸してくれるかい」

ユーハンの優勢を信じていても、戦が危険なことに変わりはない。どうしても不安が募り、完全には落ち着いていられなくなってくる。リュウハンにまで不安な思いをさせたくなくて、人形遊びをしようと言えば、まだ遊ばないと言われてしまう。

「名前を考えているから、待って」

五つの人形を机に並べ、うきうきと眺める息子は、見ているだけでほっとする。リキョウも一緒に人形を眺め、名づけが終わるのを待ちながら、明日も同じように笑顔のリュウハンを見られるようにと、願わずにはいられなかった。

翌朝の宮殿は、騒然としていた。

東府軍が破れ、ついに総督軍が出陣する。すなわち、ユーハンとカンエイの決戦が、都のすぐ隣で始まるということ。皇帝と、新時代の王はどちらも阿性として知られている。存在自体が稀少な阿性同士の戦は、遡（さかのぼ）れる歴史には一度もなかった。都では勝敗の行方を見届けるために、背の高い建物の屋根に人が集まったという。

戦のことは、リュウハンには話さないことにした。それでも幼い子なりにリュウハンは異変を察知していて、気を逸らせるために、部屋の横にある箱庭で思いきり遊んだ。駒を回し、鞠を蹴って、輪投げをして。何事もないかのように振る舞うことで、この部屋の一角は平穏を保てている。このまま、季節が変わるように平和な世になってくれればいいのに。心の中で祈りながら、リュウハンと人形遊びを始めたときだった。

連絡員があちこちで声を張り上げた。総督軍が敗北し、カンエイが捕らえられたと、宮殿中に知らせて回っている。たちまち大騒ぎになり、リキョウの味方である召し使いたちが部屋に集まってきた。

ユーハンの勢力は、じき宮殿に入ってくる。打倒カンエイを共通項に集まった属国の勢力だ。大将がユーハンとはいえ、礼節をもって宮殿に入るとは限らない。リキョウをカンエイの寵姫としてしか知らない者に最初に見つかれば、身の危険もあり得る。召し使いたちは、想定される悪い状況に備え、リュウハンとリキョウの盾になりに来てくれた。

複写係として稼いだ給金の半分は、無賃で過酷な労働を強いられている召し使いたちに渡してきた。いつか自由が得られた日には故郷に帰れるよう、できるだけ多くの召し使いに旅の資金を渡した。皆、帯の中に硬貨を縫いつけて隠している。リキョウも、ランファたちも、帰郷の夢のために生き延びてきた仲間だ。

　連絡員の声がしなくなり、代わりに物々しい足音が響く。遂にユーハンの軍勢が宮殿に入ってきた。

「これから知らない大人がここに来る。私が話すから、リュウハンは私の後ろで遊んでいなさい」

「わかったよ、お父さん」

　素直に頷く聡明な息子の、もう一人の父親が、この部屋を探し出してくれればいいのに。静かに人形遊びを始めたリュウハンを振り返り、安心させる笑顔を向けたとき、部屋の前で足音が止まった。椅子に腰かけたまま、リキョウは絹が張られた格子扉を見据え、誰かが入ってくるのを静かに待つ。

「扉を開けよ」

　男性の声がして、リュウハンはたまらずリキョウの背にしがみついた。怯えるリュウハンの背後にランファが立ち、宥めるように肩を撫でるのを気配で感じたリキョウは、扉を開けるよう召し使いに視線を送る。

　扉が開かれ、そこに姿を現したのは、シキ特有の兵士の恰好をした、見知らぬ青年だった。中性的な衣装を着て召し使いに囲まれているリキョウを見て、兵士は廊下の奥に話しかける。

「ここに」

目的の人物を見つけた。そう言った兵士の視線の先から、人が歩いてくるのが格子に映る影からわかる。ユーハンであってほしい。五年間、焦がれ続けたひととの再会に、胸が高鳴る。鼓動が速足になるのを感じながら、開いた扉を見つめると、よく知っている姿が現れた。

「シュイン……」

高官の印である小冠をつけたシュインは、以前よりも肩や首がすこし逞しくなった印象だった。顔立ちも、十代の青さが消えて、より知性的に成長している。

「久しいな」

抑揚のない声音には、不満ともつかない複雑な感情がこもっていた。攫われたシキの民が生きていたのは喜ばしくても、消えたはずの恋敵が戻ってくることに警戒心を抱いているのが一瞬のうちに伝わってくる。

「お父上に似てきたね」

神経質に見えた父親を思い出させるシュインに、思ったとおりを言えば、淡々とした答えが返ってくる。

「父上とは違って、私は近侍を拝命したがな」

リキョウがいなくなり空いた穴を埋めたのではなく、ユーハンからその役目を授かった。そう、腹心としての確固たる立場を口にするシュインに、リキョウは微笑を返すほかなかった。

「思ったより顔色が良い」

カンエイの敗北に血相を変えるべき立場と言いたいのか、それとも、化粧をしていそうな装いに対する皮肉か。体調を心配していたようには聞こえず、すこしの腹立たしさと懐かしさを覚え、本当にシュインと再会したのだと実感が湧いた。

この五年、シュインは近侍としてユーハンの私生活を支え、戦においては参謀として快進撃を実現させた。ユーハンが挙兵して以降、記録室で何度も策士としてシュインの名を見ている。知略を巡らせ、カンエイを出し抜いた一番の功労者はシュインといっても過言ではない。敵ながら評価せずにはいられないといった軍官の文から想像していたとおり、シュインは参謀としての自信に溢れていた。

「その子供は」

シュインが視線を移すと、リュウハンはリキョウの衣装を握りしめた。今にも震えだしそうなリュウハンがさすがに不憫になったのか、シュインは小さく咳払いをして、堅かった表情をやや緩める。

「私はシュインだ。君の名は？」

子供と接するのに慣れていないのがわかる声音だった。威圧感はなく、リュウハンの手が緩んだ。

「リュウハン」

「いくつになったのだ？」

「よっつ」

怖い大人ではないと判断したのだろう。躊躇(ためら)いがちながらもしっかりと答えたリュウハンに、シュインもどこか安堵(あんど)したように見えた。

腰に剣を差したまま、シュインがより近づいてくるのに、ランファや他の召し使いたちが険しい顔で警戒する。しかしリキョウは、シュインの剣は護身用だと見当をつけていた。シュインの武器は剣ではなく筆で、だからこそ子供のころから折り合いが悪かった。

リキョウの椅子から横に一歩ずれたところで立ち止まったシュインは、扉のほうを向いたままのリキョウの首筋をじっと見据える。そして、男性にしては不自然に広く開いた襟元から覗(のぞ)く、消えない嚙み痕を検(あらた)めると、もう一度リュウハンを見た。

「父親……、父さんはどこだ」

「ここ」

リキョウの衣服を軽く引っ張ったリュウハンは、自分の親はリキョウ一人だと思っている。カンエイには認知されておらず、ユーハンのことも話せなかった。リュウハンはあくまでカンエイの世継ぎと目されているという半端な状況はシュインも知っていたようで、黙って頷き、視線をリキョウに戻した。

「じき王陛下に拝謁する機会があるだろう。それまでこの部屋から出ないように」

シュインがユーハンを王と呼んだのは、リキョウをカンエイの番と認識しているからだ。首の噛み痕を検めたのも、寵姫リキョウがカンエイの番だという話が、ただの噂(うわさ)でないことを確かめるためだったはず。

誤解を解かねばならない。だが、今はその時でない。皇帝軍が敗北しようと、皆がいきなりユーハンを担ぐわけではない。カンエイの寵姫だったはずのリキョウが、覇権が移った途端ユーハンにすり寄ったと思われてしまえば、反感を買うのは必至だ。放伐が完了し、都が落ち着くまで、今までどおり半端な立場を貫くしかない。何よりも優先すべきはリュウハンの身の安全なのだ。

「わかった」

寵姫として牢(ろう)に入れられることも覚悟していた。リキョウが素直に頷くと、シュインは部屋を出ていった。

「お父さん」

不安げに顔を覗かれ、リキョウは可愛い息子を膝に抱いた。

「ああ、重たい。また大きくなったね」

重たい、重たいと笑って言えば、リュウハンは面白そうに足をばたつかせる。そのまま、落としそうなふりをしたり、足の裏をくすぐったりして、幼い息子を安心させることに徹した。宮殿内は騒然としたままだったが、リュウハンが気づいてしまわないように手を尽くし、なんとかこの日を乗り切った。


ユーハンは皇帝の名を冠する男になった。帝国の名もゴウからシキへと変わり、全土が転換期を迎えている。

謁見という再会が果たされることになったのは、カンエイの敗北から五日が経ったころだった。宮殿内の勢力交代や、帝位の承認など、物々しい五日間だったことは、部屋に籠るばかりのリキョウにも明らかだったので、待たされたと感じることはなかった。

玉座がある正殿に呼ばれたリキョウは、持っている中で一番暗い色の衣装を着た。女性的な衣装しか許されていなかったので、暗い色といってもくすんだ水色を着るしかなく、模様も花柄だ。それでも、襟を首につけて、髪も上半分だけを結い、色性ではなく男性として謁見に臨んだ。

正面から正殿に入ったリキョウは、五重の列を成して並ぶシキ帝国の高官となった者たちの、隠れきらない血気に息が詰まるのを感じた。並んでいる者のほとんどは属国の長で、それぞれが自国の誇りを胸に、ここに立っている。

帝国の端にいくほど文化に多様性があり、衣服を見ると彼らの出身地はおおよそ見当がつく。想像していたよりも、帝国の西側から来た者は多かった。文化が違えば考え方も当然違い、それだけでも衝突の火種になりかねない。しかも、戦をくぐり抜けた猛者が集結しているのだ。壇上の玉座に向かい、主廊をまっすぐ歩きながら、この者たちを抑えて皇帝になったユーハンに畏敬し、同時に、水面下の混乱を危惧せずにはいられなかった。

階段を有する壇上の玉座から百歩ほど離れたところで立ち止まった。これが皇帝とそれ以外の距離だ。跪く前に見上げたユーハンは、皇帝の礼服を身に纏い、頭には金の冠をつけていた。最後に見たときよりも、さらに逞しくなっていて、揺るぎない威厳を放っている。整った容貌は精悍さが増し、結ばれた唇は記憶と違わず端正で、月日が流れた一抹の寂しさと、再会の喜びに目元が熱くなった。

膝をつき、両手を前に出して頭を下げると、ユーハンの気配がわからなくなってしまった。同じ場所にいるのに、とても遠い。視線を合わせるのも難しいほどの距離は、過ぎた五年の長さを痛感させる。

本当は顔を見たいけれど、玉座の皇帝を見上げることはできない。ユーハンの配下となった猛者の前で、無礼を働くわけにはいかないのだ。

「ここにいるジン・リキョウは、先帝の番として宮殿の一室を有しています。番の印は私が検めました」

玉座のそばに控えていたシュインが、淡々とユーハンに告げる。まだ真実は話さないと決めたのはリキョウ自身だ。けれど、他の男の番だと知らされるのは辛かった。

「そうか」

再会後初めて聞いたユーハンの声は、遣る瀬(やるせ)ないものだった。

五年前、ユーハンは、結ばれたときの記憶が曖昧(あいまい)だと言っていた。いつか番になる日のためにと、首の防具を渡してきたほどだから、まさか自分がリキョウの番だとは考えもしていないだろう。リキョウだって、自分の身に起きたことなのに、連れ去られて偽りの番にされてからやっと知った。知識を持たなかったゆえに生まれた誤解が、五年間ユーハンを苦しめてきたのを、痛いほど感じる。

「私は書字に覚えがあります故、記録室で複写係を務めてきました」

せめて、カンエイの威を借りて暮らしてきたのではないと知ってもらいたくて、自分にできる仕事に精を出していたのだと言えば、シュインに仕草で勝手に発言したことを咎められてしまった。

立場を思い知らされ、深く俯いたリキョウに、ユーハンは静かに問いかける。

「子供がいるのか」

覇気のない声音に胸を締めつけられながらも、リキョウは声を絞り出す。

「はい」

「先帝の子か」

「私の子です」

ユーハンの子だと言ってしまいたかった。しかし、玉座への執念を隠している者がどこにいるかわからない状況で、新皇帝にはもう跡継ぎがいるなど口が裂けても言えない。リユウハンが狙われることが何よりも恐ろしい。ユーハンとのあいだに授かった宝だからこそ、言えないのだ。

「そうか」

それだけ言って、ユーハンは口を閉じてしまった。悲哀に崩れそうになりながらも、ユーハンをすこしだけ見上げると、不思議なくらいまっすぐ視線が絡んだ。

出逢（であ）った日から変わらない、この思慕だけでも伝わってほしい。真実を話せない苦しみを悟られぬよう、腹に力を込めて見つめるリキョウに、ユーハンはとても悲しげに微笑んだ。


記録室は大わらわだ。帝位の移行は壮大で、大量の文や命令書などが必要になる。多数の部局で激しく人が入れ替わる中、速さと正確さを求められる複写係は全員が留（とど）まり、休む間もなく複写をしている。リキョウもその一人のはずなのだが、部屋での待機を命じられてしまっている。記録室の状況を心苦しく思いながらも、早く宮殿内が落ち着くことを祈っていると、皇帝ユーハンに呼び出された。先帝の寵姫として処遇を言い渡されるのだろうか。不安を抱きつつも、ランファにリュウハンを任せ、政務室に向かうと、扉の前でシュインが待ち構えていた。

「陛下が書記にとご所望だ」

淡々と言われ、驚いてしまった。まだカンエイの処遇も決まっておらず、寵姫だった疑いも晴れていないのに、ユーハンの書記に指名されるとは。

「喜んで」

どれほど立場が歪に離れてしまっても、ユーハンは自分と一緒にいられる道を探してくれる。嬉しさに破顔しそうになったのを堪え、小さく頭を下げると、不服そうな表情が返ってくる。

「私は反対した。その理由がわからぬほど間抜けでもあるまい。己の評判は知っているだろう」

「書記の職に専念して、目立たないように注意するよ」

先帝の寵姫が、新しい朝廷の表舞台に関わることを、好意的に受け取る者などいない。ユーハンはわかっていても譲らなかったのだろう。そんな皇帝に代わり、反感を煽らぬよう自制するべきはリキョウだ。シュインの危惧ももっともなので、素直に頷けば、まだ不服そうながらもシュインはリキョウを政務室の中へと通した。

室内に一歩踏み入れると、名を呼ばれたような気がした。顔を上げると、正面の小玉座に座っているユーハンと、とても自然に視線が絡む。

五年前に交わした情熱が、鮮明に蘇る。こみ上げる懐かしさと愛しさに目を細めるリキョウを、ユーハンも切ない微笑を浮かべて見つめている。

離れていた月日など関係ないほど、ユーハンは今もリキョウに恋焦がれている。そう、視線が語ってくる気がした。リキョウだって同じ想いだ。言葉にして伝えたい。しかし、合議に参加する者たちの足音を知らせるシュインの咳払いによって現実に引き戻されてしまった。

廷臣が室内に入ってきて、リキョウは慌てて両手を前に出し、頭を下げる。ユーハンが口惜しそうに唇を力ませたのに気づきながらも、小玉座のそばにある、木目がきれいな机に向かった。

胸元から、いつも持ち歩いている自分の筆を取り出し、硯(すずり)を整えると、廷臣や諸地方の長が続々と政務室に入ってきた。リキョウの顔を覚えている者は、カンエイの寵姫が政務室にいることに怪訝(けげん)な顔をしている。その中でも、北西地方の衣装を着た、猛々(たけだけ)しい空気を纏った一人が、リキョウの存在を指摘する。

「先帝の妾(めかけ)がここで何をしているのだ」

視線がリキョウに集中する。ユーハンが挙兵した動機に、リキョウ奪還があったことを誰も知らないようで、暴君の妾を侮蔑(ぶべつ)の目で見る者も少なくなかった。

「議事を記録する書記を任せた」

すかさずシュインが答えるが、男はまったく納得がいかない様子で揶揄する。

「玉座と一緒に妾も獲ったと？　それとも寵姫は帝をたぶらかすのが得意なのか」

「書字の腕を買っている。それだけだ」

怒気がちらつく低い声でユーハンが言い放てば、その場の空気が切り裂かれたかのごとくしんと静まった。王子だったころのユーハンにはなかった、有無を言わせぬ鋭さは、攻撃性を研ぐしかなかったこの五年を物語っている。リキョウも必要に迫られて変わった部分はある。けれど、あの明朗な王子はもうここにはいないのだと思うと、寂しく感じずにはいられなかった。

合議が始まると、政務室には険しい空気がたちこめる。この場にいる全員が、打倒暴君を旗印に集まった者だから、旧勢力の処罰について、厳しい発言が続いた。意見のとりまとめはシュインがして、決まったことをリキョウが書いていく。シュインはときどきリキョウの手元を見て、間違いがないか確かめていた。町の複写師から先帝の寵姫になったリキョウの腕を疑いたい気持ちはわかる。しかしリキョウも、ユーハンの役に立てることを示したい。記録室での経験を活かし、正確に書き取っていくと、一瞬目が合ったときにやはり虫が好かないという顔をされてしまった。シュインが嬉しがるわけはないが、仕方がないとも思う。シュインは、リキョウ奪還のためとわかっていながら、誰よりも放伐に尽くしてきたのだから。

旧勢力の処罰がおおかた決まったとき、シキ出身の一人が言った。

「先帝の処遇はいかがなさいますか」

戦場で捕らえられたカンエイは地下牢に収監されている。ユーハンの憎悪に呪い殺されるとぼやいていたカンエイの姿が頭に浮かんだそのとき、ユーハンが冷たく言い放った。

「今すぐ始末しろ」

煮えたぎった復讐心が、火山がごとく噴き上がっている。凄まじい怒りに、この場にいる全員が息をのんでいる。ちらりとユーハンを見ると、切れ長の双眸は燃えそうなほどの憎しみに染まっていた。

冷静さを欠いたユーハンを庇うよう、シュインが一歩前に出る。

「まだ生かしておくべきです」

「なぜだ」

口元を押さえ、怒りを抑えようとしているユーハンは、険しい表情のままリキョウを見た。

番は、阿性が死ぬと解ける。カンエイさえいなくなれば、リキョウは真に自由の身となる。ユーハンがカンエイの処刑を求める理由は、語られずとも明白なのに、シュインはそれを制止する。

「未だ燻っている旧勢力を過剰に刺激しないためです。もし反乱分子が集結すれば、制圧に時間がかかります。陛下の兵も疲労が溜まっていることでしょう。あまり急いてはいけません」

シュインの助言はもっともだ。課題に感情を一切挟まず、冷静な判断を下す。放伐を成功に導いた頭脳に、ユーハンもそれ以上反論できないようだ。カンエイに消えてほしくてたまらないだろうに、納得せざるを得ず、拳をきつく握りしめて頷いた。

「反乱の意思を見せる者がいれば、それが一人でもすぐに知らせろ」

高圧的な口調がユーハンらしくなくて、戸惑いを禁じ得ない。止まってしまったリキョウの手元を、シュインが覗いた。慌ててカンエイの処分保留を書き記し、ユーハンをちらりと盗み見ると、怒りを制御できなかったことを悔いているようだった。

その後は円滑に進み、合議は終わった。誤字を検めていると、さっきの北西地方の長が目の前に立ち、無遠慮にリキョウの手元を覗き込んだ。

「ふん」

ざっと議事録を眺めた男は、先帝の寵姫が書記として文句をつけようがないことが面白くなかったようで、鼻を鳴らして去っていった。その様子を見ていた他の者たちも、リキョウの腕前を悟った様子で去っていく。

　ほっとして、静かに溜め息を吐くと、今度はユーハンが机の反対側に立ち、手元を覗き込んだ。

「いつ見ても、読むのが快い字だな」

　そう言って微笑むユーハンは、リキョウが覚えているのと違わない、朗らかな王子だった。顔立ちも体格も成熟した男になって、厳しい発言をする皇帝になった今でも、ひとの長所を素直に称賛する、快活な性格は変わらないまま。それが、言いようのないほど嬉しくて、リキョウも思わず笑顔になった。

「同じ年ごろの子で僕の書字を褒めてくれたのはユーハンだけだったからね。こうしてまた書字で役に立てると思うと張り切ってしまったよ」

「褒めたのは俺だけだったのか」

　信じられないと苦笑するユーハンは、まるで十代のころに戻ったように楽しげだ。別離を強いられようと、二人一緒に過ごした思い出とこの想いは揺るがない。そう言ってくれている気がするほど、和やかな心地にさせてくれる。

「僕の書字を見たいと言ってくれたのはユーハンが初めてだったよ」

　恋を教えてくれたのも、この身に触れたのも、子を持つ幸せを教えてくれたのもユーハンが初めてで唯一だ。言外に沿えるにはあまりにも大きすぎる感情を持て余し、目元が濡れるのを堪えると、それが伝染したかのように、ユーハンも瞳を揺らした。

「突然呼び出してすまなかった。息子のところに帰ってやれ」

シュインの淡々とした声に、現実に引き戻された。今、ユーハンが集中すべきは地盤を固めることだ。リキョウにできるのは、カンエイの処遇が決まった後に、番の真実を公にできる機会を待つことだけ。

「失礼するよ」

ユーハンと結ばれた証しを守るためにも、今は書記の役目に徹する。後ろ髪を引かれる思いで頭を下げると、ユーハンも忙しなく瞬きをしつつ頷いた。肩を落としそうになったのを堪えたユーハンは、大きく息を吸って姿勢を正すと、もう一度リキョウを見る。

「明日、シキに連絡馬車を送る。家族に手紙を書くといい。贈りたいものがあれば、一緒に包んでくれ」

「ありがとう」

両親に、無事であることと可愛い孫がいることを知らせられる。自然と笑顔を弾けさせるリキョウに、ユーハンは照れを隠すよう顔を逸らせた。

「明日も来てくれるな」

「うん」

笑顔のまま頷けば、ユーハンもやっと笑顔を見せた。

部屋に戻ったリキョウは、さっそく手紙を書こうとしたが、リュウハンに遊ぼうと強請られてしまう。リュウハンが眠ったあとに書こうと、一旦は筆を下ろしたが、いいことを思いついた。

「一緒に手紙を書いてみるかい」

「うん。誰に書くの？」

「お祖父さんとお祖母さんにだよ」

「ぼくのおじいさん？」

リュウハンにとって、家族はリキョウだけだった。祖父母がいると知って目を輝かせる息子を見て、両親のことを話せるようになった喜びが胸の中に広がっていく。

「そうだよ。遠いところに住んでいて、今は会えないけれど、手紙は届いてくれる。きっと喜ぶよ」

紙を広げ、筆を渡すと、リュウハンは意気揚々と絵を描き始めた。手紙とは、伝えたい言葉を書き綴るものだと説明するのを忘れていた。しかし、これはこれで、四歳の子らしくて良い。リキョウは、自分たちの健康と都での十分な生活、ユーハンとの再会と、明るいことばかり書いた。五年間、髪が白くなるほど案じていただろうから、安心してもらえるように、幸せな手紙にしたかった。

リュウハンにも、自身の名前と一言を書いてもらった。記念すべき初めての手紙の一言は『遊ぼう』だ。いつか、祖父母と遊ぶリュウハンが見られますように。願わずにはいられない、愛らしい手紙と、自分の手紙を一番良い布で包んだリキョウは、翌朝それを連絡馬車に託した。そして、新しい役目である皇帝の書記として、政務室に向かった。

属国を属領として帝国を一体化したり、血気盛んな属領の長たちと渡り合ったり、ユーハンは皇帝としての役目を立派に務めている。同時に、シュインの方策がなければ、短絡的な決断に至っていたと思われる場面もときどき見受けられる。

しかし、類稀（たぐいまれ）な存在感と、人を惹（ひ）きつける魅力がユーハンにはあって、皇帝としての拙さも、人間味を感じさせる取り所となっている。属国の中でも特に小さいシキから、皇帝にまで登り詰めたのは、ユーハンの人としての力強さに、周囲が引き寄せられたからといっても過言でないだろう。しかし、背負うものの大きさに戸惑っているのも、一日中見ているとわかる。

まだ自分がカンエイの番でないことを知らせられずにいるから、より心が晴れないのもわかっている。カンエイが刑に処される日が来れば、都も帝国も落ち着いたということ。真実を伝えられるその日が、待ち遠しくてたまらない。

「疲れが溜まっているのではないか、ユーハン。今夜は早く休めそうかい？」

夕方の合議を終えた後、ユーハンは肘をついて、指の腹で眉をきつく擦った。顔色があまり良くなくて、心配して声をかけると、苦笑が返ってくる。

「平気だ。野営生活とくらべれば、どこだって快適だ」

安定した寝所があるだけ良いと言ったユーハンは、はっとして口を閉じた。挙兵以来戦続きだったことを話せば、リキョウに責任を感じさせると思ったのだろう。確かに、無事勝ち進んでくれたから、今こうして顔を見て話せているが、リキョウが想像する以上に危うい場面があったはずだ。ユーハンの五年間を知りたいけれど、知るのがすこし怖い気もする。肩を竦めると、ユーハンは少々大袈裟に表情を緩めた。

「子を待たせているのだろう。早く帰ってやれ」

憎きカンエイの子と思っているはずなのに、それでも気遣ってくれることが嬉しかった。

「うん。ありがとう」

笑顔で礼を言って部屋に戻ったリキョウだったが、リュウハンは食事を済ませ、ぐっすり眠っていた。

「養殿のほうに散歩にいったら、子供が外で遊んでいて、友達になったのよ。リュウハンは大はしゃぎで、楽しそうに遊んでいたわ」

ランファはとても楽しそうに、女中や女官が住む養殿のほうへ散歩に行ったときに、リュウハンが友達を作ったことを話してくれた。

「あんまり楽しそうだから帰る頃合いをすっかり逃してしまったの」

養殿はいつの時代も女性の住む場所である。臣官や役人の子が育つ場所でもあるのだが、カンエイのころは誰もが行動を制限され、子供がのびのび遊んでいるなどという話は聞いたことがなかった。

「そんなに楽しかったならよかった。僕と違って友達を作るのが上手だったのだね」

ユーハンが皇帝になった良い影響は、すでに表れているようだ。大の字になって眠る息子をしばらく眺めていたリキョウは、もう一度ランファに任せて部屋を出た。以前なら、監視の兵に私的な外出は阻まれていたが、今は警備兵が部屋の近くを巡回しているだけで、当然のように廊下を歩くと、簡単に横を通り越してしまえた。この五年で培ったのは知識だけでない。度胸を頼りに堂々と、まっすぐユーハンの居殿へと向かう。

疲れた表情が気がかりのままだ。自分にできることなどないかもしれないけれど、不安や鬱憤(うっぷん)を吐き出す役に立てるかもしれない。

渡り廊下を渡り、居室の近くまで歩いていくと、若い警護兵と目が合った。それも、知った顔で通り抜ける。必然を装うのが肝だ。そうして居室の手前にたどり着くと、顔見知りの召し使いが食事の膳(ぜん)を運び入れようとしていた。給金を分けていた召し使いの一人だ。駆け寄って膳を渡すよう仕草で頼むと、驚きながらも召し使いは膳を渡してくれた。

膳を持って静かに室内に入ると、ユーハンは一人で食事をしていた。今まで見てきた皇帝の夕食よりも質素な献立のようだが、尾頭付きの立派な魚はある。あまり食欲が湧かない様子のユーハンは、魚に視線を落とすと溜め息をついた。

「漬物もありますよ」

声をかけると、ユーハンはびくりと肩を揺らした。

「リキョウ」

不意を突かれて目を丸くする姿はやはり疲れていて、それが体力でなく気力の問題だと察するのは難しくなかった。

「おいしそうな夕飯なのに、食欲が湧かないのかい？」

「見事な食事も、穴だらけでは食べる気が失せる。毒見は嫌だと何度も言ったのに、シュインが必要だと言って聞かない」

敵が多い権力者は暗殺を恐れねばならない。ユーハンは人柄で敵を作ることはないだろうけれど、放伐までの道程で敵対した者はたくさんいる。混乱に乗じて報復を考える者がいないとも限らない。シュインが毒見を徹底したがる気持ちもわかるし、味気ないというユーハンの気持ちもわかる。慣れるほかないというのが結論になるのだろうけれど、シキとはまったく異なる都の慣れない宮殿で、疲労を隠して帝位を守るユーハンに、昔のように元気に楽しく食事をしてほしいと願わずにはいられなかった。

「夜市は再開されているのかな」

都では昼だけでなく夜にも市が開かれる。昼は日用品や異国の名産品、織物や食品など、主に物品が売買されるが、夜は料理や酒の屋台が多く、どちらも独特の賑わいがある。庶民から役人まで入り乱れる飲食の場である夜市は、都の人間なら贔屓の屋台をいくつも知っていないと恥ずかしいくらいだ。外出の許可はなかなか与えてもらえなかったリキョウも、警護兵という名の監視を連れてなら市に行くことを許されたほど、市は都の生活には欠かせないものだ。

「市が閉まったのは戒厳令の出た日だけだったと聞いている」

「槍が降らない限り屋台は開くというからね」

譲位、禅譲、放伐、他にもさまざまな形で、この都は幾度も新たな君主を迎えてきた。長い貿易路で異国と繋がり、人の出入りも激しい都は商売人の街だ。戒厳令のように外出を禁じられない限り、屋台も露店も市に出る。逞しい人々によって栄える都の中でも、最も活気溢れる市場が、リキョウは好きだ。

「夜市に行ってみようか」

「今からか？」

リキョウの思いもよらぬ提案に、面白そうな顔をしたユーハンだったが、眉尻（まゆじり）を下げてぼそっと呟（つぶや）く。

「突然外出したら、シュインの小言どころでは終わらないかもしれない」

居殿の外では警護兵が周回して、調理場のそばには毒見係がいる。反乱分子を警戒せねばならない状況で、不必要な外出はできないと、ユーハンは苦笑した。

しかし、リキョウは安全に外出する術を知っている。何度も使えない技だが、今夜ならうまくいくはずだ。

「人に紛れて夜市を散策すればいい。まだ顔を知られていないのだから、服さえ交換すれば、ユーハンが誰かわからないよ。それに、誰にも知らせず、突然夜市に行くのなら、狙われようがないのだから、何も気にせずに食事ができる」

屋台の食事は都でもっとも安全だとリキョウは思っている。不特定多数が買う食品に毒が盛られるわけがないからだ。庶民の衣服で庶民に混じれば、皇帝も貴族も関係ない。自由に都を歩ける。

「都といえば市だから、ユーハンも一度は行くべきだ。おいしい団子もあるよ」

リキョウの前では、ただのユーハンだ。門外の町で団子を食べ歩いたころを思い出し、自然と微笑むと、ユーハンもふっと笑った。

「そうだな。都のことをもっと知っておきたい」

市を理解すれば人々に対する理解も深まる。前向きな表情で答えたユーハンは、昔と変わらず、民の生活を気にかけていた。

「服を持ってくるよ」

都に馴染むものを急いで調達できる目ぼしい場所を知っている。立ち上がったリキョウは、急いで洗濯室に向かった。処遇が決まり、宮殿を去った者たちが残した衣服が、洗濯室に山のように置かれているという、召し使いの会話を聞きかじっていたからだ。行ってみると、売れるものとそうでないものに分けられていた。売れないほうの山から二、三、深衣を見繕ったリキョウは、足音を立てないように静かにユーハンのところへ戻った。

「ちょうどいい服を見つけたよ」

見せたのは木綿の上着だ。木綿の衣服は宮殿においては室内着だが、市ではよく見かける質のものだ。そんな庶民の木綿を皇帝や先帝の寵姫が着ているとは、誰も思うまい。さっそく二人とも着替え、冠をとったユーハンはシュイン宛ての置手紙を書いた。外出したのを知らせず、宮殿中を探されれば大問題だからだ。

「行こう」

突飛なことをするのはいつもユーハンだったのに。そんなことを思いながら、行灯を一つだけ持ち、何食わぬ顔で居殿を出る。行灯頼りの夜闇の中では、服装だけが人を判別する特徴といっても過言ではない。警護兵の目を盗んで抜け出した二人は、一日の仕事を終えて帰っていく下位役人に混じって側門を出る。何かの理由でリュウハンを連れずに宮殿から逃げ出す場合に備えて考えてあった方法なのだが、予想以上にうまくいった。

帰宅する前に一杯飲んで帰るつもりの役人を追うかたちで、歩くこと五分ほど。夜市の端が見えてきた。

「ここまで良い匂いが漂ってくる。それに、屋台の数も想像以上だ」

終わりがないのではと思うくらい、長い距離を埋める屋台の数々に、ユーハンは目を輝かせる。東西の庶民の味が集う夜市の迫力に、晴れやかに驚く横顔は、少年のころに川のほとりで宝の石を見つけたときと同じだった。

「すごい活気だ。どの料理もうまそうで、目移りしてしまう」

手近な屋台を見て回り、ユーハンは煮込み汁と肉の腸詰を注文した。目の前でよそわれた汁も、火からおろしたばかりの腸詰も、どう見たって毒は入っていない。熱くて器が持てないほどのできたてを手にしたユーハンは、飢えていたかのようにかぶりついた。

「そんなに急いで食べると喉に詰まらせるよ」

本来のユーハンは、見ていて気持ちいい食べ方をする。今夜は少々勢いが余っていて、口の中を火傷しそうで心配になるほどだが、ともかくおいしそうだ。

「どれもうまくて手が止まらない」

追加で炒麵と鶏飯と焼き豆腐を買うと、さすがに食べきれなくなっていた。そうなる予感がしていたので、リキョウは何も買わずに待って、残りをもらうことにした。

「もったいないから、いただくよ」

夕食を食べ損ねているので、久しぶりの屋台の味が空の胃に沁みる。

「やっぱりおいしいな」

シキにいたころは、できたての食事が縁遠くなるなんて想像もしなかった。宮殿の食事はおいしいけれど、調理場から部屋まで距離があるから、食べられるころには冷めている。贅沢な悩みと言われればそれまでだが、リキョウには、この屋台のようなできたての素朴な味が合っている。

「また一緒に来よう」

次はいつになることやら。それでも、約束せずにいられなかった。

「昼の市もよいな。異国の名産品を見て回りたい」

「きっと都の人々も喜ぶよ。新しい皇帝は気さくなのだと知れば、都はより活気づくはずだ」

助けられたのはリキョウだけではない。虐げられてきた人々は、新しい皇帝の誕生に期待を高まらせている。

微笑みかけると、ユーハンは肩を竦めて苦笑する。あんなにも前向きで明朗だったのに、今は慎重さと責任感が先に頭をよぎるようだ。

王子と、王から皇帝になった男の成熟度の違いは眩しくもあり、一抹の寂しさも否めない。しかし、そうでなければ再会できなかったのもわかっているから、お互い成熟したことをありがたく捉えなければ。

宮殿に戻ると、また何食わぬ顔で、夜通しの仕事に向かう召し使いに混じり、居殿を目指した。シュインはもう外出に気づいているはずだから、鬼の形相で待っているに違いない。

シュインには悪いが、少々面白い気分になってしまった。ユーハンも同じようで、手元の明かりに照らされる横顔は、さっきからずっとにやにやしている。

居殿の明かりが見え、二人して足を止めた。楽しい夜が終わってしまうのが寂しくて、けれど、これ以上皇帝を行方不明にしておくわけにはいかない。相談したかのように向き合うと、ユーハンも寂しさを滲ませていた。

「リキョウはいつも、俺を門の外に連れ出す」

懐かしそうに目を細めたユーハンは、すぐそばにあった灯籠に持っていた行灯を置いて、そっとリキョウの頬に触れた。そして、鼻先をリキョウのそれに寄せる。

くちづけの予感に、胸が高鳴る。何もかもが変わってしまっても、この情熱は変わらない。これ以上ないほど嬉しくて、目元がじわりと熱くなった。

「会いたかった」

泣きそうな声で囁いて、ユーハンはリキョウの唇を彼のそれで塞いだ。

愛しいひとの唇は、温かくて、柔らかくて、蕩けるほど甘かった。五年のあいだ渇望してきた、ユーハンとのくちづけに、喜びが胸の中で弾け、離れられなくなる。ユーハンも同じ気持ちなのだろう、リキョウの耳の下を優しく摑み、角度を変えてより深く唇を奪った。

何よりも求めていた体温は、押し殺してきた情熱を解放する。何度も唇を重ね、このまま一つになってしまいたい衝動に駆られながら、言葉を交わさずくちづけに没頭する。腰

が砕けそうなくらい幸せで、夢中でユーハンの背に手を回した。

唇が甘く痺れるくらいくちづけを交わし、周りの音が聞こえなくなるまで互いに没頭したときだった。ユーハンの手が、襟元から覗く噛み痕の端に触れた。痕をなぞったユーハンは、弾かれたようにくちづけを解いてしまう。

顔を逸らしたユーハンの目元に、屈辱の色が走った。ユーハンは、この五年間、リキョウが攫われていくのを止められなかった自分を責めてきた。今もまだ、リキョウが暴君の爪痕に縛られていると思い込んでいる。痛みに耐えるように眉を寄せ、負の感情をやり過ごそうとする姿はひどく痛々しくて、リキョウの胸を抉る。

「ユーハン……」

二人きりの今なら、真実を話せる。番がユーハンであることも、リュウハンの血筋も。二人だけの秘密にしてしまえば、身を守るための半端な立場を通せるはずだ。

「ユーハン、実は――」

「何者だ！」

鋭い声は警備兵のものだった。剣の柄に手をかけ、いつでも抜ける体勢で、リキョウたちが身分を明かすのを待っている。

「やあ、ご苦労。ここにいるのはおぬしの主だ。剣は抜いてくれるな」

ユーハンの居殿を警護するために置かれた兵だ。外出を知られた気まずさを隠そうと、あえてふざけた返事をしたユーハンを、警備兵は訝しげに凝視する。

「これはっ、失礼しました」

本物の皇帝だったことに気づいた兵は、大慌てで頭を下げるも、なぜ先帝の寵姫と新皇帝が夜の暗がりで二人きりなのか、気になって仕方ない様子だった。

「夜風に当たるつもりが迷ってしまったのだ。ジン殿、送ってくれて助かった」

変装をして抜け出したことも、それを誘導したのが先帝の寵姫であったことも、知られると困ることばかりだ。気転をきかせたユーハンの、少々大袈裟ではあるが、たまたま二人きりになっただけという作り話に、リキョウも便乗する。

「お役に立てて光栄です」

両手を前に出し、恭しく頭を下げてみせれば、警備兵は納得した様子で、それ以上何も言わなかった。

「ジン殿を部屋まで送ってくれ」

警備兵に頼んだユーハンは、口元だけ笑みを浮かべ、居殿に入っていく。見送った背中は、煩悶(はんもん)に翳(かげ)っていた。

「ジン殿」

警備兵が行灯で道を照らした。歩き出したリキョウは、今度ユーハンと二人きりになれたら、真の番とリュウハンのことを必ず話すと心に決めた。

しかし、その決心はしばらく伝えられなかった。リュウハンを授かってから初めての発情期がきてしまったからだ。

季節が変わるころになると、色性は発情期を迎えるといわれている。が、リキョウは、ユーハンと結ばれたあの一度だけしか発情をしたことがなかった。医者には肥立ちが悪かったからだと言われていたが、ランファは心労のせいだと見当をつけている。何が原因にせよ、カンエイにとっては都合がよかったから、発情を戻すような薬や治療を受けることもないままだった。

その存在すら忘れていた今になって、なぜか突然戻ってきた発情は、強烈だった。番を求めて淫らな欲が身体を翻弄する。六日間も身体の内から湧き上がる情欲に耐えねばならなくて、終わったころには熱を出しそうなほど疲労困憊だった。熱を出す体力も残っていなかったのか、ひどい倦怠感だけで済んでくれたものの、全部合わせると十日は部屋から一歩も出ないまま過ごすことになった。救いは、リュウハンに友達ができていたことだ。毎日友達と遊んで、くたくたになって帰ってくるので、食事の時間さえ平気なふりをしていれば問題がなかった。

「養殿のあたりに警備兵が増えたのよ。剣は提げていないけれど、体格の大きい人ばかり。警備兵なのに子供の遊び相手もしてくれて、みんな良い男なの」

子供の遊び場になっている養殿やその庭に、子供を威圧しない警備兵が置かれるようになったようだ。皆若くて見目も良く、目の保養になるとランファも喜んでいる。

「どんな人がいたんだい？」

久しぶりに晴れ晴れした気分で夕食の席に着いたリキョウは、リュウハンや他の子供の遊び相手になってくれた兵について訊いてみることにした。するとリュウハンは、両手をめいっぱい伸ばして、こんなに大きな大人だったと、仕草で伝えようとする。

「ソンハが一番力持ち」

そのソンハという兵は、一番の力持ちで美男なんだとか。ソンハが警護につく日は女官がこぞって見にくるらしい。

「ヘイカは羽根蹴りが上手だけどかくれんぼは下手」

「ヘイカ？」

「シュインはどっちも上手だよ」

シュインと聞いて、やっとユーハンとシュインのことだと気づき、ランファを見ると、視線でそうだと言われた。

「ヘイカとシュインも遊んでくれたのか？」

「うん。ヘイカも力持ち。シュインは弱い」

先入観がない子供の率直な感想は、二人の様子をよく表していた。

おそらく、養殿の警備を増やしたのはユーハンだ。発情期とは言わず、体調不良と言って書記の仕事も見舞いも断っていたから、心配してリュウハンの様子を見にいったのかもしれない。そこで子供たちと遊びだしたユーハンに、シュインが付き合う羽目になったのだろう。結局はユーハンよりもシュインが真面目に羽根を蹴ってかくれんぼをしたはずなのに、抱っこやおんぶをしなかったせいで、リュウハンの目には弱い大人に見えたようだ。

そんな子供の正直さに、思わず笑ってしまった。

「シュインは、弱いのではなくて、手加減をしていただけだと思うよ」

食事の途中で、リュウハンはリキョウの膝に座りたがった。友達ができても、リキョウと一緒にいる時間が短くて寂しかったのだろう。頭が顎の下にあるので、膝に座られると食べにくいのだが、何も言わずに膝に乗せた。

「大人はヘイカがちょっと怖いみたい。でもぼくはヘイカ好きだよ」

リュウハンは、大人が一斉に頭を下げるのを見て、ユーハンは怖がられていると思ったようだ。カンエイが現れるような場所には連れていかなかったし、むしろカンエイの跡継ぎだと目されていたリュウハンに頭を下げる大人がいたくらいだから、身分の違いや挨拶の種類がリュウハンの中で曖昧になっている。それでも、ユーハンを好きだと言ったのに心底安堵して、そして、早く、ユーハンがもう一人の父親だと知らせたいと思った。

「お父さんはヘイカ知ってる？」

「うん、知っているよ」

「ヘイカ好き？」

振り返ったリュウハンは、リキョウも好きだと答えるのを期待している。

「大好きだよ」

にっこり笑って、本心から言えば、リュウハンはとても嬉しそうにして、明日もたくさん遊ぶためにたくさん食べて、たくさん寝ていた。

「体調はもう良いのか」

久しぶりに政務室に入ったリキョウに、ユーハンが声をかけてきた。十日も部屋に籠りきりだったから、心配して見舞いの品の梨やいちじくを贈ってくれていた。

「うん。もう平気。心配させたね」

部屋にはシュインと合わせて三人しかいないので、発情期のことを知らせておこうと思った。色性の発情は番の有無にかかわらず阿性全員に影響すると言われているから、書記として人に会う機会が増えるのなら、知らせないわけにはいかない。

「実は、発情期がきていた」

独り言のようにはっきりしない声しか出なかった。伏し目がちなリキョウに気遣ってか、ユーハンもシュインも、神妙な顔をせず、あえて淡々と受け止めている。

「そういえば、季節の変わり目だな。次は春が来るころか」

四季の変わり目に合わせて発情期がくるというのは、色性の通説だ。しかし残念ながらそのとおりとは答えられない。

「それが、リュウハンが生まれてから、一度も発情期がこなくて、季節ごとに発情するのかわからない」

発情期の経験が無いに等しかったから、自分の身体なのにどのような周期で発情するのか知らない。四年以上発情しなかったぶん、しばらくは頻発する不安もある。

本物の番がそばにいるから、発情期が戻ってきたのではないか。本能的な部分でそう感じている。目の前にいる愛しい番に、そのことを伝えたいけれど、もう合議が始まるという今は話せない。大切なことだから、二人きりのときに、落ち着いた状態で伝えたいのだ。

焦燥を抑えるリキョウに、シュインが静かに言う。

「阿性と色性についてはある程度調べた。資料を渡そう。阿性が判明している者も知らせる。次回の役に立つかもしれない」

いつでも冷静なシュインらしい、発情期の対策法だった。リキョウも自力で調べてきたが、シュインが集めた情報のほうが、各段に正確で信頼できるだろう。

「ありがとう。助かるよ」

これも、阿性のユーハンがリキョウの色性と発情に惑わされないように、先手を打っているだけかもしれない。それでも助かることに変わりはない。笑顔で礼を言うと、目を逸らされてしまった。

まだ合議に参加する廷臣たちは現れない。せっかくなので、発情期で苦しんでいたあいだに起こった、面白いことについて話すことにした。

「養殿では若くて良い男をよく見かけると聞いたよ」

からかい口調で言えば、シュインはばつが悪そうにして、ユーハンも気恥ずかしそうにする。

「遊び盛りの子供が多いと聞いたから、若くて子守りに慣れている兵を置くことにした。ちょうど妻を欲しがる年ごろの兵だから、女官の目に留まるように張り切っているのだろう」

警備兵にも女官にも得があると説くユーハンは、自分が養殿に行ったことは言おうとしなかった。リュウハンの話し方からしても、童心に返って思いきり遊んでいたようだから、おとなげなくて恥ずかしいのだろう。シュインは巻き込まれただけなので知らないふりだ。

「このごろ、宮殿が活気づいている気がする。子供もそうだけれど、召し使いや下働きも暗い顔をしなくなった」

ユーハンが帝位に就くことで、高官や官僚の顔ぶれも変わり、風紀も変わった。以前は、身分の高い者が低い者を怒鳴っているのをよく見たものだ。カンエイの撒き散らした恐怖や暴力は上から下へと伝っていき、帝国一豊かなはずの宮殿でさえ、苦しみながら生きる人が大勢いた。

つい最近まで、重苦しい空気が漂い息苦しかったことを思い出し、思わず目を細めたリキョウは、ユーハンの異変に気づいてはっとした。整った容貌が、激しい怒りに染まっている。宮殿内も惨憺たる状況だったが、属国に対する搾取は横暴の一言で済むほど生易しいものではなく、属国になって一年のあいだに、ユーハンの父親、シキの前王ズハンは心労で倒れている。リキョウも目の前で攫われ、ユーハンの憎悪はまさにカンエイを呪い殺しそうなほど深い。

余計なことを言ってしまった。ユーハンが即位してから良くなったと知らせたかっただけだったのに。

なんとかユーハンの気持ちを和ませたかったが、廷臣が続々と現れ合議が始まってしまった。今日に限って、議題にのぼるのが、地方の官吏と住民の衝突だったり、要衝での暴動だったり、カンエイの時代に積み上がっていた問題に火がついた事案ばかりで、ユーハンは目に見えて苛立っていた。

合議の前に、嫌な気分にさせてしまったことを後悔した。気が緩んでいた自分が恥ずかしい。決定事項を書き取りながら、内心で己を叱咤していると、さらに悪い知らせが飛び込んでくる。

「北方の属領が、帝国からの離脱を掲げ、挙兵の準備に入ったとの知らせが」

軍官の知らせに、政務室に動揺が走ったその瞬間、ユーハンが勢いよく立ち上がる。

「討伐せよ！」

青筋を立てて声を張り上げたユーハンは、人が変わったようだった。あまりの剣幕に、この場にいる全員が愕然としている。

真っ先にシュインが気を取り直し、激高するユーハンの冷静を引き戻そうとする。

「この属領はもともと遊牧民で、離脱も妥当であると――」

「関係ない。討伐だ！」

絶対に服従させようとする姿は明らかに異常で、シュインは廷臣たちに政務室を離れるよう指示をする。追い出すように廷臣を退室させたのは、ユーハンの異常な反応を人目から隠すためだ。

「何をしているっ」

「落ち着いて話せなければ合議ではありません」

声を張り上げたシュインの剣幕に、ユーハンが押し黙る。その隙(すき)に、シュインは譲らない姿勢で説く。

「属領にも違いがあります。この属領は、一国というより遊牧民の集団でした。君主もおらず、族長がそれぞれの移動集落にいたような地方を、先帝は属国として服従させていたのです。挙兵というのも、おそらくは万一に備えて武器を揃えただけで――」

「それがどうした」

「ユーハン……」

聞く耳を持たず、力で押さえつける以外の解決を考えようとしないユーハンに、シュインの顔が絶望の色に染まる。

「まずはこの属領の主張を聞くところから始めるべきだ。代表を集め、問題点の共有ができれば、武力など必要ない」

　話し方が変わるほど衝撃を受けているシュインに、ユーハンはなおも制圧を命じる。大義の無い武力は暴力だ。横暴を唱えるユーハンに、ついにシュインが憤りを露わにする。

「文化も言葉さえも違う人々だぞ。誰の支配も受けないはずの遊牧の民を、なぜ討伐する必要がある。僕らでさえ、先帝の搾取に苦しめられたのに、帝も王も存在しなかった遊牧民をどうして支配し続ける。先帝の圧政を繰り返す気かっ！」

　初めてシュインの怒鳴り声を聞いた。目を瞠るシュインの、尽くし続けたひとの変貌に耐えかねる姿は、あまりにも痛々しく、リキョウですら胸が張り裂けそうなほどだった。だがシュインの心からの訴えを、ユーハンは頑なに拒む。

「シキに反抗するなら容赦はしない。俺は勝ち続ける。勝ち続けなければならない」

　何かに脅迫されているかのように、勝ちに拘るユーハンを、シュインは呆然と見た。そして、勝ちへの執着に捕らわれた皇帝を見据える。

「輝く未来を築く王になるのだと思っていたよ」

　シキの王になるユーハンを生涯にわたり支えるため、シュインは絶え間なく努力してきた。そしてユーハンが皇帝を目指したから、その道を開く頭脳になった。どちらも、ユーハンがユーハンらしく、のびのびとした明るい未来を築くと信じてのこと。けれど今は、尽くし続けたひとが横暴に手を染めようとしている事実に、限界を感じてしまっている。シュインは最後の言葉とばかりに言い放ち、政務室を出ていった。

完全に我を忘れていたユーハンは、シュインが出ていったことをすぐには理解できずにいた。合議が開かれていたはずの政務室は、裏方のリキョウ以外誰もいなくなり、冷たい静寂に包まれている。

激情が収まり始め、信頼するシュインと臣下を追いやってしまったことに気づいたユーハンは、己の言動に愕然とし、その理不尽さを憎んで、喉を震わせる。

「リキョウ……」

視界の外にいたリキョウに気づき、名を呼んだユーハンは、呆然と窓のほうへと歩き、長椅子の端に脚が当たると、そこに崩れるようにして座り込んだ。

慌てて立ち上がり、隣に腰かけて肩を支えれば、迷子が親を見つけたように、ぎゅっと抱きつかれた。

「俺は何をした」

「ユーハン……」

「俺は変わったか？　皇帝なんかになって、変わってしまったか？」

悲痛な問いは、皇帝という立場が、本心から目指したものではなく、必要に迫られて選んだ手段だったことを物語っている気がした。ユーハンは権力に執着がない。しかし、大切なものを守るためには力が必要だった。

「ううん、変わっていないよ」

ユーハンは、変わっていない。子供のころも、十代のころも、そして今も、根っこの部分は同じユーハンだ。おおらかで、ときどき奔放で、人に対して正直で。一度決めたらてこでも動かず、そのかわりに面倒見も良い。良き王を志していた王子ユーハンは、皇帝になった今も精神の核にある。

我を忘れるほどの怒りと衝動を引き起こすもの。それは。カンエイがシキに現れた日から後の、屈辱の日々だ。国は搾取され、父王が心労に倒れた。そして、一番大きな傷を負ったのは、結婚を約束した番を目の前で奪われたこと。明るかったこの男が、呪いをかけるほど怒り狂い、胸の中に修羅を宿したあの日だ。

「俺が弱かったから、リキョウは攫われた。もう二度と、誰にも負けたくない。もし負けたら、またリキョウを奪われてしまう」

脅迫されたかのように討伐と勝ちを求めたのは、心に負った傷を庇おうとする防衛の術だった。悪夢を植えつけられたユーハンは、それが何度も繰り返すことを恐れ、必死に振り払おうとしていた。

「俺が弱かったから、引き止められなかったから、リキョウはあの糞野郎の手籠めにされた」

涙を滲ませ、悔恨に耐えるユーハンの頭を、リキョウはそっと撫でた。深すぎて治りきらない心の傷が見えて、胸が張り裂けそうなほど痛む。

王子だったユーハンには、父王の決断を覆すことも、その場でカンエイに報復することもできなかった。それでも、王子だから、四肢を押さえつけた者たちを振り払えなかった自分を責めてきたのだ。

「辛かっただろう。俺が弱かったせいで。リキョウは……、子供までできて」

屈辱の生活を強いられ、望まない子を産んだのだろうと、真実を知らないユーハンは声を震わせる。

伝えなければ。リキョウの番が誰なのか。

「この身に触れたのは後にも先にもユーハンだけだ」

「俺だけ…だと?」

「僕は番の寵姫と言われていたけれど、本当は、カンエイが阿性を偽るために、番だと嘘をついていただけだ。だから、僕はユーハン以外を知らない。あの一夜だけしか知らないのだよ」

真実を告げた瞬間、ユーハンの双眸から、今までの苦悩がこもった大粒の涙が二つこぼれた。

「ならば、その首元の噛み痕は……」

「五年前のあの日、ユーハンは僕のうなじを噛んでいた。この首にある痕は、ユーハンが残したものだ」

目を瞠り、息を詰まらせたユーハンは、震える指でリキョウの首筋に触れる。そして、襟の端から覗く噛み痕を撫で、瞳を揺らした。

「リキョウ……」

自分が残した番の印に感極まって、くしゃりと目を閉じたユーハンに、リキョウは額を重ねる。

先帝の偽りを、引きずってしまったことを後悔した。リュウハンを守るために選んだことだったけれど、ユーハンを苦しみから解放することのほうがずっと大事だった。

「僕の心にはいつもユーハンがいたから、都の生活も苦ではなかった」

ユーハンと番（つが）い、身も心も魂も結ばれたから、生きてこられた。残酷な日も、命を覚悟した日もあったけれど、好きなひとと結ばれているから、心の一番大事なところには、いつも幸福があった。

「父親のようにのびやかで逞しい子になってほしくて、リュウハンの名には、ユーハンのハンの字をもらったのだよ」

「俺の名……だったのか」

「好きなひとと番になって、好きなひとの子を授かって、幸せだった。ずっと、幸せなのだよ」

想像を絶する苦しみも、悔しさも、寂しさも、すべてを乗り越えられた。もう自分を責めないでほしい。頬を両手で包むと、両の掌が熱い涙で濡れた。

「今まで話さなくてすまなかった。リュウハンを守るために隠していた。誰かの脅威にならってしまわないように、どうしても隠しておきたかった」

ユーハンの身辺が落ち着くまで待ちたかったと言えば、ユーハンは何度も小さく頷いた。足元がまだ不安定なのはユーハン自身が一番よく理解している。掌にもう一粒大きな雫(しずく)が伝った。

重ねていた額を離し、そこにくちづけをして、もう一度額を重ねる。静かな涙を受け止めながら、リキョウは何度も額にくちづけた。どうしても苦しいとき、リキョウは声を上げて泣いた。けれどユーハンは、溢れかけた涙を燃やし、報復の火を大きくしてきたのだろう。喜びを噛みしめて泣く姿が、とても不器用に見えた。

ユーハンの涙が止まるまで、頬を包み、額を重ねていた。そして、涙が止まると、ユーハンはリキョウの肩に頭を預けた。落ち着いたというより、気が抜けている。五年間絶え間なく燃えていた憎悪と復讐心の炎が弱まり、放心に近い状態だ。揚力を生み出していた過去にようやっとけりをつけられるようになって、均衡が崩れている。

それほどまで想われていたことが嬉しくて、同時に、ユーハンが負った大きすぎる心の傷を癒したいと強く感じた。

「助けにきてくれてありがとう」

悲願は果たされた。最大限の感謝と愛情を込めて、愛しいひとに囁いた。その響きを噛みしめるように目を閉じたユーハンの頬に、また熱いものが流れる。

広い肩を抱き寄せると、ユーハンの大きな手がリキョウの膝に触れ、空いているほうの手を探そうとした。指を絡ませてその手を握れば、取り戻したことを確かめるように、首元に額が重ねられた。

「もう二度と離れない。ユーハンのそばにいると誓うよ」

五年ものあいだ、遠く離れた場所で、それぞれの酷道を進んできた。苦難の中で、リキョウは知恵をつけ、知識を蓄え、経験を積んだ。もう二度と、誰にもユーハンと生きる道を奪わせはしない。

握った手に力を込めて誓いを捧げれば、ユーハンは強く握り返した。

言葉は交わさず、しばし手を握り合っていた。リキョウが隣にいる確かな実感が、ユーハンの心に沁みて行き渡るのを、静かに待つ。長年開いたままだった傷が癒えるにはまだ時間がかかる。けれど、痛みが鎮まるほどには回復して、本物の安心にたどり着いたユーハンは、手を握ったまま、ころりと椅子に身体を横たえ、リキョウの膝に頭を預けた。脚ははみ出て、寝床のように柔らかくもない椅子の上で、それは穏やかな表情で横になった。

「俺は、帝位に居ていいのだろうか」

しばらく無言で横になっていたユーハンが、ぽつりと独り言ちるように溢した。

「ユーハンが辛いなら、譲位を考えたほうがいいかもしれない。でもそれは、帝国が安定してからでないといけないと思う。虐げられた人や国の気持ちがわかるユーハンに、期待をしている人々もたくさんいるだろうから」

属国の覇王という二つ名は、シキの国のようにカンエイに苦しめられてきた人々の希望の象徴でもあると、リキョウは考えている。ユーハンの即位によって、帝国が活気を取り戻すことを、多くの人々が期待しているはずだ。しかし、ユーハン自身がその立場に苦しむならば、放伐の責任を果たしたうえで、退くという道もあると思う。正直な気持ちを言えば、ユーハンはほっと溜め息をつく。

「辛いわけではない。ただ、帝位に値する器なのか自信がない」

「シキは大家族になったからね。まとめるのは大変だろう。けれど、真摯に向き合えば、うまくいくと僕は思う」

民を家族と呼んだ、王子だったころのユーハンを思い出して微笑むと、ユーハンも子供のころから思い描いていた立派な王の像を頭に浮かべ、小さく笑う。

「想像もしていなかった大所帯だ」

そう言ってふふっと笑ったユーハンは、長い溜め息をつくと、寂しげに目を閉じた。

「シュインに謝らねばならない。あいつの言うことはいつも正しいのに、見限られるようなことを言ってしまった」

冷静沈着を体現するような参謀を感情的にさせた己の言動を悔いるユーハンは、胸の中にある靄を吐き出すように、もう一度溜め息を吐いた。

「腹を割って話すといいよ。誰よりもユーハンに尽くしてきた人だからね」

「ああ。俺の堅苦しい親友だ。失いたくない」

子供のころは、リキョウの前だとシュインに素っ気なくするくらいだったから、ユーハンがシュインを親友だと声にして言ったことに小さな驚きを禁じ得なかった。そして、親友というかけがえのない存在を、大切にしてほしいと感じた。

「親友だと思っていることを、きちんと伝えたほうがいい」

親友だというなら、シュインの気持ちにも気づくべきだ。ユーハンの心はリキョウに釘（くぎ）づけなのをわかっていて、それでも諦められずにいるシュインを、纏（もつ）れてしまった未練から解放するのも親友の務めだと思う。やや強い視線を向けると、ユーハンははっとして身体を半分起こした。そして数拍のあいだ唇を力ませ、もう一度横になる。そのまま天井をじっと見て、シュインに伝える気持ちや言葉を整理していた。

しばらく手を握ったまま、ユーハンの納得がいくまで待っていると、ユーハンはふっと思い出し笑いをする。

「はじめて出逢った日のことを覚えているか」

「今でもはっきりと思い出せるよ」

「護衛の兵を撒いて姿を消すなんて、俺はとんだ悪童だった」

一人きりになりたかったという理由で、護衛や役人まで困らせた子供時代を振り返り、苦笑したユーハンは、繋いだままの手をぎゅっと握り返す。

「事情を知って、リキョウは俺を窘（たしな）めただろう。迷惑を考えろと」

「生意気だったね」

おかしなことは言っていないが、王子を相手に、正直すぎたかもしれない。くすっと笑ったリキョウの頬を、ユーハンは空いている手の指先でそっと撫でる。

「幼いころから、立場のせいで、正直に指摘してくれる者は少なかった。けれどリキョウは、人として対等の目線で言ってくれた。あのとき、リキョウは俺の特別になったのだ」

心が通じ合った瞬間を懐かしむユーハンは、胸元からそっと、古びた巾着袋を取り出した。

「秘密の宝物庫を見せてくれたのも嬉しかった」

毛羽立ってしまっている絹の袋から取り出された宝の石は、本物の碁石のようにつるっとして、光を反射するほど表面が滑らかになっていた。

「きれいに磨いたのだね」

「不安に駆られるたびに袋の上から握っていたら、いつの間にか光るほどまで磨かれていた」

離れているあいだ、数えきれないほど何度も袋を握ったせいで、生地が擦れてつるりと丸くなった石は、苦悩の証しであるはずなのに、ユーハンはそれでも、愛おしそうに石を掲げて見つめる。

「この石に触ると、リキョウの強さを分けてもらえる気がしていた」

「僕は強くなんてないよ」

「いや、俺なんかよりずっと芯が強くて冷静だ」

苦笑するリキョウに、力強い笑みを向けたユーハンは、親指と人差し指で挟んだ石をもう一度じっと見る。

「俺は、助言がなければ道を間違ってしまう。一人では大成できない、小さな器だ」

番を取り返そうとする、本能的な勢いを失ったことで、より皇帝としての自分に疑問を感じているようだ。しかしリキョウは、絶大な立場だからこそ、自身の度量を問い、助言を請うことが大切だと、過去の経験から知っている。

「一人で何でも決めてしまうことが良い結果になるとは思わない。それに、弱さを認めることこそ強さを必要とするのではないかな」

己を見つめ直す勇気と、聞く耳を持つユーハンなら、良い皇帝になれる。確かな笑みを向ければ、ユーハンは白い歯をすこし覗かせて笑った。

「リキョウと一緒なら、良い帝になれる」

番の支えがあれば、成長できる。自信を取り戻したユーハンに、リキョウはもう一人、大切な仲間がいることを思い出させる。

「頼りになる親友も？」

「ああ。堅物で頭のきれる親友もいれば、百人力だ」

起き上がったユーハンは、気合いを入れるかのように両頬をぱんと音を立てて叩いて、にっと笑った。


夕食後、シュインは属領についての報告書に目を通していた。就寝時と食事以外は、いつも何かの書簡を読むか書くかをしている。物心がついたころから、ずっとそうだ。幼なじみであり、絶対の主であるユーハンの役に立ちたくて、そして恋慕を抱くようになってからは、ユーハンの一番になりたくて、自分の役目に没頭してきた。今日は、どれほど情を抱いていても、見限ってしまいたくなるようなことがあったというのに、気づけばどうにかしてユーハンを説得する道を探している。

方策をまとめようと、筆を握ったとき、政務室に呼ばれた。呼吸が浅くなるのを感じながらユーハンの居殿に入ると、深すぎるほど深く頭を下げられてしまった。

「さっきはすまなかった。我を忘れて怒りをぶつけたことを反省している」

己の言動を悔い改めるユーハンの目元が赤い。激情に駆られていたのが信じられないほど穏やかな表情と、すこし腫れた瞼から、泣いていたのがわかる。物心ついたころから、毎日顔を合わせていたのに、この男が涙を流す姿を見たことはなかった。一人で泣くような男ではない。頰を預ける胸があったのだ。それが誰なのかは、考えずともわかる。自分でなかったことに、寂しさを覚えずにはいられない。けれど、ユーハンの真剣さに応えるため、まっすぐ見つめ返した。

「属領の対処についても、話し合う場を設けたいと思っている。シュインの言うとおり、帝国は多数の国や文化の寄せ集めだ。文化や思考が相反する属領などは、離脱も考慮したい」

　小国だったシキの王子には、帝国の複雑さなど知る由もなかった。焦る気持ちもわからないでもない。自分の横暴な振る舞いを悔い改め、こうして配下に頭を下げるのは、ユーハンにとって大事なのは国と民であり己の矜持ではないからだ。だからこそ、王子として、ひととして好きになった。頭を上げ、まっすぐこちらを見る瞳の力強さに、胸がとくんと鳴った。叶わないとわかっている片恋を、ここまで引きずるのは、自分でも意外だった。

「今までの功績は、すべてシュインのものも同然だ。その手腕に感謝している。そして友としても、誰よりも信頼している。唯一無二の親友だ。これからも、頼っていく。頼んだぞ」

初めて、親友と呼ばれた。友と認められている自信はあったものの、友と呼ばれたことすらなかったのに。

あえて、親友と呼んだのだ。ユーハンは、思慕を知ったうえで友として語りかけている。気持ちを、遂に悟られたのか。それも、リキョウの影響だろう。

全力を注ぎ、ユーハンの悲願を達成した。ユーハンとリキョウの再会をお膳立てすることで、ユーハンの一番になろうとした自分は、今までもこれからも、ユーハンの友。一番大切な、親友だ。

水面に錨（いかり）を下ろすように、親友というかけがえのない友情が胸に刻まれる。すると、諦めきれなかった思慕が、ぱんと音を立てて消えた気がした。

「身に余る光栄にございます」

恭しく頭を下げたのは、これが自分だから。軍師としても、近侍としても、一級品だと自賛できるほどなのに、面白みのなさもまた一級品。そんな自分を、皇帝が親友と呼んでくれるなら、シキに生まれた男としてこれ以上の誉れはない。

「さっそく合議の準備を始めます」

「シュイン」

腕を摑んだユーハンは、まっすぐ目を見る。

「俺たちは家族だ。親友であり家族だ」

だからずっと、一緒にいよう。そう、真剣に言った男は言葉の残酷さに気づいていない。本気で家族のように思ってくれているから、伝えようとしていただけ。その実直さが厄介で、だからつい世話を焼きたくなるし、ずるずると恋慕を引きずってきた。

だがもう完全に吹っ切れた。これからは近侍というより廷臣に近い位置から、この帝を支えてやろう。

「一つ、知らせておかねばならないことがある」

神妙な表情で切り出したユーハンの口から、思いがけない事実が告げられる。

「リキョウは俺の番だ。五年前に、番になっていた。リュウハンも、俺の子だ」

予想だにしなかった事実のはずなのに、なぜかすとんと腑に落ちた。リキョウ一人のために、帝位に関心がないにもかかわらず、自分の命だけでなく国の威信も何もかもを懸けていたことに疑問はあった。その執念の根本が本能だったなら納得がいく。本能と魂に突き動かされていたユーハンの勢いを、誰にも止められるわけがなかったのだ。

「そうですか。となれば、先帝の阿性は偽りだったのでしょう。どちらにせよ、お世継ぎがもうお生まれになっていたことは喜ばしい」

「リキョウとリュウハンのことはまだ公表したくない。足元が固まるまでは、リュウハンの身の安全を守るために周知したくないと言われている」

リキョウの案は、妥当といえる。カンエイの時の宮殿に生きていたら、自然とそう考えるようになるだろう。

再会の直後に伝えなかったリキョウの冷静さは意外だった。伝えたくてたまらなかっただろうに、番のユーハンさえ欺いていたリキョウが秘めていた強かさに、一本取られた気分だ。

「まだ周知はしないのなら、あまりわかりやすい態度はとらないでください。尻ぬぐいはごめんです」

リキョウが番だということをまだ公表しないなら、当然ながら事実を隠さねばならない。隠すのは本人たちなのだから、徹底してもらわないと困る。

言い残して、シュインは去った。好きだったひとと、これ以上一緒にいたくないのが本音だ。しかし嫌な気分ではない。むしろ、すっきりしている。

すっきりしているけれど、幼なじみに番と子供ができていた衝撃に少なからず動揺もしている。代表者を集める合議について考えようとしたが、うまくいかない。こんなことは久しくなかった。

いまからできる合議の準備などしれているから、今夜は異国の酒でも飲んで憂さ晴らしをしようか。たまたま通りかかった配下を誘ったシュインは、夜市へ出かけた。好きなひとの一番になるために、遊びも休みもせず走ってきたから、今夜くらいは骨休めをしても許されるだろう。

初めて屋台に出向き、配下に酒を奢った。先日主が居殿を抜け出して、夜市に遊びに出ていたのが、実はすこし羨ましかった。なので、何度か夜市に来ているという配下に、うまい店を教えてもらい、そこでやけになったみたいに満腹になるまで食べて飲んだ。顔を知っている役人や兵が通りかかれば、呼び止めて奢ってみた。皆大喜びで、悪い気分ではなかった。否、とても良い気分だ。皆の嬉しそうな顔や、都の人々の逞しさと活気は、シキ帝国の明るい展望を表している。そう思うことにした。

皇帝ユーハンの即位式が十日後に迫っている。全土の代表者、官吏、官僚が集結する大規模かつ荘厳な儀式だ。正式に帝国がゴウからシキに変わる、歴史に刻まれる日になる。

準備は着々と進められ、新しい時代の幕開けに都は今までにないほど活気づいている。宮殿内も活力を取り戻しつつあり、長期にわたる悪政によってこびりついていた陰謀、憎悪、嫌厭といった負の臭いも随分薄まった。その要因の一つに、先の皇帝カンエイの死があった。新皇帝の裁きを拒むかのように、牢でひっそりと息絶えたカンエイは、これで妻と子に逢えると言い残していたという。帝位に就いて間もなく亡くしたという妻子は、暗殺されたという噂があった。情を知らずに生まれたかのようなカンエイがもし人を愛していたなら、妻子であったのだろう。後妻も愛人もいなかったことから遡れば、おそらくそうであった。そのときに抱いた恨みが暴君に変えたのか、それとも生まれつきの凶漢だったのかは、もうわからない。ただ一つわかるのは、悼む者が見かけられなかったこと。これがすべてを物語っていると、思った者は少なくなかっただろう。

重要な儀式を前に、ユーハンには大きな課題があった。全土の代表者を集め、地方ごとに現状と要望を聞き、新しい朝廷への忠誠を確かめることだ。いくつかの属領は離脱が決まり、縮小した領土をより強固に結束させるべく、代表者揃っての合議が開かれた。

確定した役職にのっとり、列を成して並ぶ者たちの前、壇上の玉座についたユーハンと、その斜め後ろで筆をとったリキョウを見て、一人の男が立ち上がる。

「場にそぐわない者がいるようですが」

まだユーハンを皇帝と認めようとしない者は少なからずいる。この男も、明らかにユーハンのあらを探そうとしていて、嫌味な目で元寵姫のリキョウを睨んだ。

書記としての腕前に納得してもらえるだろうか。不安に視線を落としたとき、ユーハンが男を見据える。

「この者は、シキから攫われて宮殿に縛られていた」

寵姫としてしかリキョウを知らなかった者たちが、一様に哀れみの表情を浮かべた。暴君が爪痕を残したのはシキだけではない。大切な人を奪われた者たちが唇を力ませるのに、ユーハンは静かに語りかける。

「同じように、大切な人を奪われた者がいるだろう。これからは、同じ悲劇は二度と起こらないと誓う。もし探している者がいれば知らせてくれ。帰郷が叶うよう助力する」

結婚を誓ったひとを奪われた悲しみを知っているからこそ、誓いを立てたユーハンに、胸を打たれた者は少なくなかった。しかし、まだ抵抗感を滲ませる者はいる。

「複数の属領を失ったのだろう。ならば、全属領を解放し、それぞれ独立させればよいではないか」

先日の合議でリキョウの存在を指摘した男が不敵に笑んで立ち上がり、周囲の者を焚きつけようとする。

シュインの纏う空気が冷たく緊張するのを感じた。しかし、ユーハンは、迷うことなく、男に向かって真摯に言う。

「確かに帝国は小国の寄せ集めだ。だがそのほとんどは長きにわたり、一つの朝廷に仕えてきている。それぞれ独立したとして、いずれ小競り合いが起きて全体が疲弊するだろう。それよりも、一体になってより高みを目指すほうがよいと俺は信じている」

己の天下を競望している領長にしてみれば、小さくても一国の王になりたいものかもしれない。ユーハンですら、本当は小国シキの王で満足だろう。しかし、国が乱立すると争いの種が増えてしまうのは自明の理だ。ユーハン自身が真剣に帝国と向き合った結果が、大国として一体になって、穏やかな未来を築くことなのだ。

「国は一つの家族と考えている。俺も、悪政と戦った兄弟の一人だ。家族は大きくなるほど個性も増えて、まとまるのも難しくなる。しかし、一丸となって大事に立ち向かう強さは、何ものにも代えられない」

集まっている者一人一人の顔を見て、兄弟と呼んだユーハンに、異議を唱える者はもういなかった。己を頂点として他者を見下ろすのではなく、仕える側の視点も忘れないユーハンほどの度量がある者は、他にいなかったのだ。

その日の夕方、ユーハンは小さな手紙をそっと渡してきた。部屋に戻って読むと、二人きりの夜を過ごしたいと書かれていた。

「おやすみ、リュウハン」

今日もたくさん遊んで、あっという間に眠りに落ちたリュウハンの頭を撫でたリキョウは、萌黄色の衣装を身に着け、部屋を出た。十八歳のときに、ユーハンが生地を選んでくれた、好きなひとと結ばれたあの日の思い出が詰まった衣装だ。

目立ってしまわないよう、黒の肩かけで隠して廊下を通り、居殿に入った。夜市に行ったとき以来、二人きりで会うのは初めてだから、甘い時間への期待とほんのすこしの緊張に胸が高鳴る。

居室に入ると、窓の外を眺めていたユーハンが嬉しそうに振り返った。そして、肩かけを下ろしたリキョウの姿に息をのむ。

「よく似合っている」

目元を熱くさせて感嘆したユーハンは、片手を差し出し、リキョウを仕草で呼んだ。その手を取り、目の前まで歩み寄れば、見つめ合わずにいられなくなった。

この瞳に恋をしたのはいつだろう。強く逞しい男の、凛々しいのに穏やかな目元を見つめながら、ふと思った。片恋を自覚するずっと前から、恋情はこの胸にあった気がする。もしかすると、今となっては自分たちよりも背が低くなってしまっているあの滝を一緒に眺めた日には、恋心の種はあったのかもしれない。それくらい、ユーハンはずっと、特別なひとだ。

「きれいだ」

瞳の中心を見つめられて、瞬きをするばかりのリキョウに、ユーハンはふっと笑う。

「まだ自覚がないままか」

男の美といえば、大きく強く逞しく、だ。一つも備わっていない自分への励ましかと思ったが、ユーハンは心の底から賛辞をくれていた。

「優しさと強さが表れた目元も、つんとした唇も、滑らかな肌と髪も、出逢ったころから変わらず、とてもきれいだ」

うっとりと囁かれ、気恥ずかしくて頬が上気する。褒められたのは、萌黄色の服の効果なのだろうか。

「自分では、そうは思わないけれど、ユーハンに好かれるならなんだって嬉しいよ」

本心をそのまま言えば、ユーハンは仕方なさそうに苦笑して、それから唇をリキョウのそれに寄せる。

「俺がどれほど惚れているかは、気づいているか」

「この胸にあるユーハンへの想いには、昔から気づいているよ」

鼻先が触れ合うと、つられるように唇が重なった。触れた唇の温かさが、とても心地良くて、高鳴る胸を熱くさせる。静かな夜に、愛する番と交わすくちづけは、幸せの文字を心に刻むようだ。

唇を離すと、今度は違う角度でくちづけをする。甘く食むようなくちづけを、息が上がるまで幾度も交わした。繋いでいた手を離し、リキョウはユーハンの首元を、ユーハンはリキョウの腰を抱いて、溶けそうなくらい唇を重ねる。息が弾むほど互いの唇を感じ合えば、身体の奥から情熱が湧き上がってくるのを感じた。

「朝まで隣にいてくれるか」

期待を高まらせているのはユーハンも同じだ。熱情の色を孕んだ瞳に、中心を射抜くよう見つめられ、甘美な痺れが首筋に走った。

「うん」

笑んで答えれば、寝室へと手を引かれた。居室の中ほどには、酒と果物が飾るようにして置かれていて、ユーハンはそれを摘まみながら語らうつもりだったことに気づいた。積もる話ではなく、リキョウの気持ちを解し、恋情を確かめあってから結ばれるために考えてくれていたのだろう。初めてが発情の影響を受けたものだったから、今度こそ恋人の夜にしたい。そんな声が聞こえた気がして、たまらなく甘い気持ちになった。

しかし、今は言葉を交わすよりも愛を交わしたい。気遣いは受け取って、手を繋いで寝室に入る。

　そこは、シキの伝統的な刺繍が入った寝具や調度品がとても懐かしい気分にさせる、ユーハンらしい部屋だった。萌黄色の衣装が、とても自然に溶け込んでいるのを感じ、愛しいひとの目元を見ると、ユーハンもそう感じたようで、十八歳の秋と同じ、純粋な眼差しでリキョウを見つめていた。

「ずっと、リキョウと結ばれたかった」

　愛を分かち合い、一つになるときに、恋焦がれていた。心の底からの告白は、積もり積もった恋情を、穏やかに、けれどとても情熱的に伝えてくれた。

「僕もそうだよ。ユーハンと結ばれる日を夢見ていた」

　抱き続けた美しい夢が叶う。もう一度、吸い寄せられるようにくちづけを交わせば、胸いっぱいに膨れていた情熱が、火がついたように溢れだす。

　ユーハンの帯を解いたリキョウは、勢いのまま深衣を取り去った。するとユーハンは自分から中着を脱いで、リキョウの腰に両手を添えて、寝台のほうへと歩み寄る。

　寝台に腰かけたユーハンは、立ったままのリキョウの帯を解き、じっくり味わうように外していく。帯が落ちて、深衣の前が開くと、そのまま中着に手をかけた。羽織ったままにしたのは、萌黄色を着たリキョウをまだ見ていたいからだ。けれど肌は暴きたいから、中着の前を開いてしまう。そして露わになった下着も外したユーハンは、へその下にくちづけを落とした。

「あっ……」

肌に唇が重なっただけで、腰が砕けそうになった。肩を震わせるリキョウの肌に、ユーハンはいくつもくちづけを落とす。

「あっ、…は、ユーハン」

期待に充血する中心にくちづけられて、立っていられないくらい感じる。腰が揺れているリキョウの、桃色の先端をもう一度啄んだユーハンは、本当に崩れ落ちそうになったリキョウを抱き止め、着ていた衣装を落とし、寝台に横たえた。

「愛してる」

己を組み敷く男の、情熱的な囁きに、鼓動が駆け足になるのを感じる。愛しい体温を求め両手を差し出せば、ユーハンは身体を重ね、リキョウの唇を奪う。

逞しい身体の重みが心地いい。広い背に手を回し、情熱的なくちづけに応えれば、褒めるように口内を舌で愛撫された。舌先を搦めとられ、吸い上げられて、痺れるくらい気持ち良い。息が苦しくなるほどくちづけに没頭し、空気を求めて唇を離せば、首筋から鎖骨へと、啄むようなくちづけが降ってくる。

身体をずらし、胸から腹へとくちづけの軌跡を残したユーハンは、立ち上がったリキョウのそれを浅く咥えた。

「あっ……ん」

ちゅっと音を立てて先端を離すと、今度は裏側を先から下へと食んでいく。色性ではあるが男の身体だ。そこへの刺激に、先端から悦びの涙が流れた。

「はっ…、…あぁ…、あっ」

前を唇で愛撫したユーハンは、リキョウの脚を片方押し上げ、現れた秘所にくちづける。

「ユーハン、そんなところ……だめだ」

「なぜだ。こんなにうまそうなのに」

肩を足で押してもユーハンには効かず、会陰を唇で甘く噛まれた。途端に腰が抜けるほどの快感が広がって、脚に力が入らなくなった。

蕾に唇を寄せたユーハンは、そこに重ねた唇を開き、舌先で蕾を舐めた。官能に響く愛撫に、下腹の奥が刺激され、甘く疼きだす。蕾は舌を誘うように収縮し、前は物欲しそうに揺れている。

「……ぁ、ん、……いいっ」

愛撫されるたび腰が揺れて、鼻にかかった甘ったるい声が漏れる。指で蕾を割り開かれ、会陰を吸い上げられれば、中が激しく疼いて蕾の奥から愛液が零れた。

「あ…っ、もう、欲しい。ユーハンが欲しい」

肌が上気し、息が上がって、脚のあいだが濡れる。まるで発情しているかのように、身体が淫らに敏感になっていく。愛しいひとを求め、脚を開くリキョウを、身体を起こしたユーハンが見下ろす。

手の甲で唇を乱暴に拭ったユーハンは、雄の感性を昂らせていた。激しい情欲を身体の内に宿しながらも、自分を求めるリキョウの姿を噛みしめるように見つめる。そして、ユーハンの雄を求めてひくつく秘所に、熱い先端をあてがった。

「ああっ、んぅ」

秘所を破瓜され、鮮烈な快感がつま先まで駆けた。背を反らせたリキョウの腰を掴んだユーハンは、半分埋めていた欲望を根元まで一息に埋めてしまう。

「は……ああっ、…あっ」

きつく閉じた瞼の裏に、黄色い火花が散った。ユーハンをすべて受け入れ、男の最奥を突かれたリキョウの前から白い蜜が放たれる。快感と充足感が押し寄せ、堪えきれずに小さく果てていた。

「俺も幸せだ」

リキョウの気持ちを汲み取って、そう囁いたユーハンは、腰を退いて、もう一度根元ま

で欲望を埋めてしまう。

「あぁ…っ、ひぅ」

達したことでより敏感になった中を、固く張り詰めた雄に責められて、悦びに腰が跳ねる。逃がすまいとユーハンの腹につくほど腰を引き寄せられ、円を描くように揺らされれば、苦しいくらい気持ち良くて、また極めてしまいそうなほど感じてしまう。

「ああっ、ユーハン……、深いっ」

最奥まで欲望を埋めたユーハンは、そのまま上下に腰を揺らした。結合部は淫猥(いんわい)な音を立てて、息が止まりそうなほどの快感の波に見舞われる。最も深いところで繋がる濃厚な快楽に思考は溶けて、けれど感覚はより研ぎ澄まされる。

「もっと、ユーハンが欲しい」

中を満たす欲望は熱く、張り詰めていて、想いの丈を知らせる。そして、リキョウを激しく責めたいと渇望しているのも、本能的にわかった。大切にしたいと願ってくれているのと同じだけ、愛し尽くしたいと叫んでいる。

「ユーハン、お願い」

ユーハンの頭の隅で、初めてのときの後悔が燻っているのだ。想われている証しだけれど、情欲をあますことなくぶつけてほしいから、脚を開き、膝を胸のほうへと引き上げ、律動を誘った。

「リキョウ、……リキョウ」

糸が弾けたように情欲を解放させ、リキョウの名を呼んだユーハンは、リキョウの両手に両の手を重ね、大きく腰を押し出した。これ以上ないほど奥を責められ、腰は逃げようとするのに逃げ場はなく、鮮明な快感に内壁が激しく収縮する。

「ああっ！　…ひっ、あっ」

律動を刻み、求めてやまなかった情交に没頭するユーハンの、額に汗を浮かべた容貌が、強烈な雄の色気を放っている。躍動する引き締まった身体も、奥を貫く熱量も、すべてが雄の魅力に溢れ、その色香に溺れてしまいそうだ。

「ユーハンっ、……あっ、はっ」

快楽に浮かされ、甘ったるい声で名前を呼ぶと、繋がったまま唇を奪われた。膝が胸につくほどの大胆な姿勢で、無防備に開いた孔を責められる。苦しいはずなのに、すべては快感となってリキョウを苛む。

身も世もなく喘ぐリキョウを、ユーハンは本能のまま責め上げる。腰を柔肌に打ちつけ、固い先端で最奥のもっと奥をかき混ぜて、快楽の極みへと駆け上る。

息もできないくらい激しい快感に、ついに絶頂が迫ってくる。息を乱し、律動を刻むユーハンにも、もう限界が迫っている。

「僕の中で達って……」

自分の身体に夢中になっている愛しいひとを見つめ、熱が欲しいと強請った。発情していなくても、番の子種を本能が求めるのだ。他の誰でもない、魂から結ばれたユーハンの情熱を、この身に注いでほしい。

視線が絡んだ瞬間、最奥のさらに奥を突き上げられた。

「ああっ……!」

ひと際高い嬌声を上げ、リキョウは極めた。精を散らす身体を貫く欲望を、内壁が締めつける。その刺激に耐えかねたユーハンも、唸るように声を上げ、リキョウの中で果てた。

腹の奥に迸りが放たれる淫靡な感覚に、官能を刺激されたリキョウは、爆ぜたばかりの前を揺らし、中だけでもう一度極める。

「はぁ……、あ…んっ」

中で迎えた絶頂は、淫靡な余韻が長引いた。腰を小刻みに揺らし、蕩けた目で見つめるリキョウを、ユーハンは力強く抱き寄せる。

繋がったまま抱き合って、唇を啄んでは啄まれて。しばし情事の余韻に浸った。言葉を交わすわけでも、愛撫をするわけでもない。ただ、無防備な身体を互いに預け、解放感を味わうのが、言葉にできないほど幸せだった。

リキョウの隣に身体を投げ出したユーハンは、満ち足りた溜め息を吐くと、リキョウの肩を引き寄せた。少々強引だったのが、なぜかとても嬉しくて、リキョウは厚い胸に頬を埋める。

「ねえ、ユーハン」

「どうした、リキョウ」

「即位式の日に、リュウハンを隣に座らせてはくれないか」

温かい腕の中、思いきって言えば、柔らかかった厚い胸が緊張した。

ユーハンの命が誰かに狙われかねない不安定な状況で息子と知られれば、リュウハンの命も危険に晒される恐れがあった。周知しないのはユーハンも納得済みだったのに、急に息子、それも跡継ぎと公表する提案をされて驚いているのを、強張った筋肉が伝えてくる。

しかしその腕の力強さが、リキョウの直感的な決断に自信を与える。

「ユーハンの治世なら、リュウハンはのびのびと成長できる。そう感じるのだよ。それに、リュウハンにも、ユーハンが父親だと知らせたい。ヘイカではなく、父さんだと知ってほしい」

ず。

ユーハンの努力と、リキョウの観察力、そしてシュインの頭脳があれば乗り越えられるは

カと会える日を楽しみにしている。二人を隔てるのは、権力や身分という事情だ。それも、

れこそ本能的な部分で、ユーハンが特別な存在だと気づいているのではと思うほど、ヘイ

ユウハンのところに何度も赴き、打ち解けられるよう心を砕いていた。リュウハンも、そ

驚喜に目を見開いたユーハンに、微笑んで返した。ユーハンは、他の子供たちと遊ぶリ

「リキョウ……」

自信を持って見つめれば、ユーハンは嬉しそうに笑顔を弾けさせた。

「即位式ではリキョウが俺の隣に座ってくれ。シキが小さな国だったころからの番だと、

世に知らせたい」

視線に捉えられ、すぐには答えられなかった。未だ先帝の番としての印象が抜けきらな

いのに、公の場で隣に並んでは、新たな時代を切り開くユーハンの足かせになりはしない

だろうか。瞳を揺らすリキョウは、ユーハンは優しく撫でる。

「俺にとってリキョウは、五年前から伴侶だ」

親愛と敬愛と、かけがえのない恋情がこもった声は、膨れかけていた不安を溶かし、リ

キョウの心を穏やかに包み込む。

「僕も同じ気持ちだったよ」

うっとりと囁き合って、くちづけをした。触れるだけのくちづけをもう一つ、二つと交わし、どちらからともなく額を合わせ、目を閉じる。

言葉では表せない愛情を、伝えあった。鼓動が聞こえそうなほど身体を合わせ、もう二度と離さないと、無言のうちに誓いあう。

「いつか、シキの国で、結婚式を挙げたいな」

先に目を開けたユーハンは、そう囁いて、リキョウの額にくちづけた。甘くて優しいくちづけに、リキョウは幸せな冗談を返す。

「祝いの団子を作ってもらわないと」

門外の庶民の味は、二人の好物だった。結婚式を挙げるなら、ユーハンがたくさん食べることを見越して大量に作ってもらわねばならない。ふふっと笑えば、ユーハンは屈託ない笑みを浮かべる。

「ああ、山ほど要るぞ」

「なんとも愛しい食いしん坊だ」

人差し指でユーハンの唇を押すと、指先をぱくりと咥えられてしまった。

「指はうまくないよ」

指先をじゅっと吸われ、本格的に笑いだしたリキョウを、ユーハンはゆっくりと、もう一度組み敷く。

「いや、リキョウはどこをとっても美味だ」

甘い冗談を囁いたユーハンと、リキョウはもう一度契った。そして、穏やかな律動と快楽に身を預け迎えた極みは、二つの身体が一つに溶け合ってしまいそうなほど甘美だった。

＊＊＊

帝国の宮殿は、世界屈指の規模を誇る。朱色の瓦(かわら)で埋められた小高い屋根を頂く正殿の威厳は言うまでもなく、その前庭は端が霞(かす)んで見えるほど広大だ。

その頂点に君臨する皇帝となったユーハンを祝うため、全土から役人や諸長が集まった。総勢数千人が前庭を埋める様は圧巻の一言に尽き、崖(がけ)のように高い壇上に立つ正殿からの眺めは、身震いするほど鮮烈だった。

隣に座るユーハンの横顔をちらりと覗いたリキョウは、まっすぐ数千の配下をみつめる姿に、王として生まれた男の度量の大きさを思い知らされる心地になった。一時は自身の資質を疑っていたのが嘘のように、ユーハンは皇帝にふさわしい貫禄（かんろく）を示している。

そんな、帝国を背負い、頂点に立つ男の伴侶、そして番として、隣に座る誇らしさは言い尽くせないほど尊い。しかし、視界の端から端までを埋め尽くす者たちが一斉に皇帝の長寿を願う声を上げた瞬間、肝がつぶれてしまいそうになった。

「これは、想像もしなかった大家族だな」

さすがのユーハンも迫力に圧（お）されたようで、冗談口調でリキョウに言って、落ち着きを保とうとしていた。

「兄弟が増えてよかったということかな」

男兄弟がおらず、シキの未来を一人で背負ってきたユーハンは、大袈裟にあそうだと笑った。

「確かに、兄弟が欲しかった。子供のころは」

玉座の会話を知ってか知らずか、シュインはというと、地面を揺らすほどの大合唱にとても満足げだった。それに気づいたユーハンは、近侍として参謀として、誰よりも力強く支えてくれる親友に、絶対的な信頼の視線を送っていた。

歴史に記される即位の儀式を終えた皇帝ユーハンは、正殿を出るとさっそく冠を外し、額についた痕を撫でていた。この、気取らないところが宮殿の空気を明るくする大きな揚力となっている。

冠をシュインに渡し、礼服も脱ぎたそうにしているユーハンのところに、リュウハンが駆け寄ってきた。

「ちちうえー」

元気なリュウハンを追いかけるランファの姿は、今はない。故郷に帰っているのだ。先帝の時代に属国から強制的に連れられてきたランファは、国に帰っても親戚はもういないかもしれないと言っていた。しかしリキョウが背を押すかたちで、一度国に帰ることにした。リュウハンが成長するのを見守るために帰ってくると言って都を出たが、故郷で穏やかに隠居してくれればいいとリキョウは思っている。ランファにはまた会いたいけれど、今まで苦しんだぶん、幸せに暮らしてほしいと願わずにいられなかった。

大好きな乳母がいなくなって、寂しがっていたリュウハンだが、今日はとびきり元気だ。ぱたぱたと音を立てて走ってくると、しゃがんだユーハンの胸に躊躇いなく飛び込む。

「そくいしき終わったの？」

「無事に終わった。たくさん人が集まっていたぞ」

リュウハンには、数日前にユーハンがもう一人の父だと伝えた。三人で団子を食べなが

ら、寛(くつろ)いだ状態で伝えた。本能的な部分で繋がりを感じていたのか、リュウハンはあまり驚くことなく、ともかく喜んでいた。喜びすぎて知恵熱を出すのではと心配になるほど、うさぎのように跳び回って喜んだ。

リュウハンはリキョウをお父さん、ユーハンをちちうえと呼び分けている。ユーハン自身も、父王ズハンを父上と呼んでいたから、息子に同じように呼ばれてとても喜んで、呼ばれるたびに頬ずりしそうなほど嬉しそうにリュウハンを抱きしめている。

「かんむり取っちゃったの？」

「ああ。あれは重いから、必要なときだけ被(かぶ)るのだ」

「ぼくのかんむりは、どう？　りっぱ？」

「立派だ。よく似合っている」

なんとか長さが足りた髪を頭頂で髷(まげ)にして、小冠をつけたリュウハンは、父親に褒められて破顔した。

リュウハンはこれから、将来の皇帝として披露目の席に出ることになっていて、皇子の礼服を着ている。息子の立派ながら愛らしい姿に、ユーハンの鼻の下は、元に戻らないのではないかというくらい、伸びてしまっている。

「これから、リュウハンも人前に出るぞ。準備はよいか」

「うーん、ちょっと怖いよ」

「大丈夫だ。お父さんの手を握っていればいい」

リキョウと一緒に壇上に上がり、皇子の椅子に座る予定だ。諸領長や高官を前に緊張するかもしれないが、まだ幼いリュウハンはリキョウの手を握ったままでも構わない。そうしてすこしずつ、未来の皇帝になっていくのだから。

心配を吹き飛ばす笑みを浮かべるユーハンに、リュウハンも笑って応えた。そんな、幸せの最中にある父子が、自分の伴侶と息子であることがまた幸せで、リキョウも笑顔を弾けさせる。

シキ帝国はこの後、ユーハンの治世のもと、安寧を享受する大国へと進化していく。そしてリキョウたち家族は、リュウハンに兄弟ができて、旅ができるまで成長したころ、故郷を訪れた。

幸せいっぱいの、番であり伴侶であるユーハンとリキョウは、それぞれの両親に健康と子宝を報告し、近しい者たちに囲まれて、シキの伝統的な結婚式を挙げるのだった。

# あとがき

はじめまして、こんにちは。桜部さくと申します。お久しぶりの読者さまもいらっしゃるでしょうか。今作もお手に取っていただきありがとうございます。オメガバース世界での身分差ラブ、友情模様や家族愛、楽しんでいただけましたでしょうか。

前作ではヨーロッパ、その前はアラビアンな世界観で時代物オメガバースを書かせていただき、今回はアジアをイメージした舞台です。書いている途中で、このままいくとオメガバースファンタジーの世界史が作れそうだなんて、大きいことを考えてみたりしました。残るはアメリカ、アフリカ大陸でしょうか。オセアニアもいいですね。どれも勇敢な男たちの冒険が似合いそうで、妄想がはかどります。

私にとって歴史風の作品を書く楽しみの一つは、時代背景についての資料集めで、毎度没頭して色んなことを調べます。脱線することもしばしば。出番がないままの資料も多いのですが、それも醍醐(だいご)味として楽しんでいます。

衣装の妄想も楽しく、今回は明時代の漢服をイメージして書き進めていました。挿絵には溜め息が零（こぼ）れるほど素敵なアジアンファンタジーの衣装を纏（まと）った、美しい男子たちと可愛いちびっこが描かれています。ヤスヒロ先生、お忙しいなか、誠にありがとうございました。リキョウとユーハンの子供時代から成熟した大人になった姿までを見せていただけて、とても幸せです。

　毎作品、自分なりに挑戦ポイントを決めていて、今回は悪党を掘り下げる、でした。創作小説を始めたころは悪役が書けず、一人もいない作品があったくらいなので、カンエイの悪党ぶりは個人的に記録更新でした。作中ではおもいきり悪漢でしたが、悪役を描く面白さを教えてくれた、ある意味良い奴でもあったかな、と思っています。

　気づけば、デビューからもう五年以上経っていました。くじけそうになったことは何度もありましたが、今もこうして書かせていただけることに、どれほど感謝してもしきれません。担当様、制作に関わってくださった皆さま、心よりお礼申し上げます。

　最後になりましたが、ここまで読んでくださった読者の皆さま、本当にありがとうございました。またお会いできることを祈っております。

桜部さく

本作品は書き下ろしです。

ラルーナ文庫

この本を読んでのご意見・ご感想・ファンレターなどお待ちしております。〒110−0015 東京都台東区東上野3−30−1 東上野ビル7階 株式会社シーラボ「ラルーナ文庫編集部」気付でお送りください。


一心恋情 ～皇帝の番と秘密の子～

2023年5月7日 第1刷発行

著　　　者｜桜部さく
装丁・DTP｜萩原 七唱
発　行　人｜曺 仁警
発　行　所｜株式会社 シーラボ
〒110-0015　東京都台東区東上野3-30-1　東上野ビル7階
電話　03-5830-3474／FAX　03-5830-3574
http://lalunabunko.com
発　売　元｜株式会社 三交社（共同出版社・流通責任出版社）
〒110-0015　東京都台東区東上野1-7-15
ヒューリック東上野一丁目ビル3階
電話　03-5826-4424／FAX　03-5826-4425
印刷・製本｜中央精版印刷株式会社



ISBN978-4-8155-3281-9